Franz Delitzsch

Jüdisch-arabische Poesien

Aus vormuhammendischer Zeit

Franz Delitzsch

Jüdisch-arabische Poesien
Aus vormuhammendischer Zeit

ISBN/EAN: 9783337128074

Printed in Europe, USA, Canada, Australia, Japan

Cover: Foto ©Andreas Hilbeck / pixelio.de

More available books at **www.hansebooks.com**

JÜDISCH-ARABISCHE POESIEN

AUS VORMUHAMMEDISCHER ZEIT.

EIN SPECIMEN AUS FLEISCHERS SCHULE

ALS BEITRAG ZUR FEIER SEINES JUBILÄUMS

VON

FRANZ DELITZSCH.

LEIPZIG,

DÖRFFLING UND FRANKE.

1874.

Dem Lehrer und Freunde

der dankbare Schüler

am 4. März 1874.

ACCIPE QUOD TUUM EST.

Als ich mich unter Anleitung Fleischers an die Ḥamâsa heranwagte, lag Freytags Ausgabe vor (2 Bdd. 1828. 51), noch nicht aber Rückerts Uebersetzung (2 Bdd. 1846), seit welcher dieses altarabische Nationalliederbuch ein Gegenstand des Interesses und der Bewunderung aller Gebildeten geworden ist.

Es ist eine Sammlung von 806 altarabischen Gedichten und Gedichtfragmenten. Der Sammler *Abu-Temmâm* war aus ʿGâsim (جاسم), einer Landstadt zwischen Damask und Tiberias, gebürtig. Dort war sein Vater, obwol diese Angaben nicht unbestritten, ein Spezereihändler und seiner Religion nach ein Christ, Namens تذوس d. i. Theodosios. Geburts- und Todesjahr Abu-Temmâms sind nicht völlig sicher. Er starb um 850 (228 der Hedschra).[1]

Der berühmteste der 20 Erklärer der Hamâsa ist *Abu-Zekerija Jaḥja ben-Ali et-Tebrîzi*.[2] In der Vorrede des von Freytag herausgegebenen Commentars erzählt er, wie Abu-Temmâm, auf seiner Reise von Chorasân nach Irâk, lange in Hamadan sich aufhielt und da mit Benutzung der Bibliothek seines freundlichen Wirths die Hamâsa verfaßte; wie diese durch einen Bewohner Deinewer's im persischen Irâk ans Licht gezogen und nach Ispahan gebracht ward und wie sie seitdem alle ähnlichen Sammelwerke verdrängt habe und vielfach commentirt worden sei. Keiner aber der bisherigen Ausleger habe die grammatische Analyse (اعراب), die Darlegung des Sinnes (ايراد المعاني) und die Beibringung der historischen Realien (ايراد الاخبار) mit einander verbunden. Er selbst habe schon zwei Commentare

---

1) s. seine Lebensbeschreibung bei Ibn-Challikan fasc. II pag. ٧٢ — ٧٦ der Wüstenfeldschen Ausgabe.

2) Sein Beiname الخطيب bed. den Geistlichen, welcher in einer Hauptmoschee die Chutbe oder das Kanzelgebet recitirt.

verfaßt: 1) einen umständlichen (مستوفا, lies مُسْتَوْفِيًا), alle Ge-
dichtfragmente umfassenden: „jedoch hatte ich (in diesem voll-
ständigen Commentar) jedes Redeglied der Gedichte besonders
erklärt (اوردت, lies أَوْرَدْتُ) und dadurch den Ueberblick, die Auffassung des Metrums und die Einsicht in den Zusammenhang er-
schwert“; 2) einen summarischen (مجمل), in welchem gleichfalls
die Scholien nicht nach den Distichen abgetheilt waren. Der vorliegende sei der auf vielseitiges Verlangen entstandene dritte,
welcher Distich um Distich eingehend erkläre und auch die Ety-
mologie der Eigennamen (اشتقاق الاسامى) angebe. Ueber alles
das befindet sich Freytag in solcher Confusion, daß er nicht einmal weiß, welchen der drei Commentare er zum Drucke befördert
hat — ohne allen Zweifel, wie aus Tebrizi's Worten hervorgeht,
den letztentstandenen.

Die Hamâsa theilt sich in 10 Pforten (ابواب). Die 1. Pforte,
die dem Ganzen den Namen gegeben, ist die Pforte der Tapferkeit *bâb el-ḥamâsa*. Eine der ersten Kaṣiden dieser Pforte hat
einen Juden zum Verfasser. Es ist *Samauël ibn-'Âdijâ*, der bis
heute unter den Arabern Unvergessene. Noch heute — sagt
Wetzstein in seiner trachonitisch-hauranischen Reise [1] — kennt
der Araber die Namen der Schlösser *Môrid* in Duma und *el-Ablak*
in Têmâ und den ihres ehemaligen Besitzers und heldenmäßigen
Vertheidigers, des jüdischen Gassaniden-Fürsten Samauël ibn
Ḥêjâ ibn 'Âdijâ [2], einer der hervorragendsten Erscheinungen in
der Geschichte des arabischen Volkes zwischen Christus und
Muhammed.

Ehe wir die der Hamâsa [3] einverleibte Kaṣide dieses Samauël
mit den Scholien Tebrizi's übersetzen, haben wir zu erzählen,
wie er zu der Ehre gelangt ist, eine Stelle unter den vorislamischen Dichtern altarabischen Adels zu finden.

---

1) Zeitschr. für allgem. Erdkunde 1859 S. 203.
2) So beginnt seine sechsgliederige Genealogie bei Ibn-Doreid p. 412
vgl. Reiske, *Dissert.* p. 78. 'Âdijâ wäre hienach sein Großvater. Ausführlich
bespricht die verschiedenen Ueberlieferungen über Samauëls Abkunft und
Altvordern die Biographie im Kitâb el-agâni.
3) Auch die kleinere Hamâsa von El-Buhturi enthält in dem Abschnitt
von der Treue Poetisches von und über Samauël.

In einer Landschaft Jemens unfern von Hadramaut saß der echt arabische Stamm der Kinditen (كِنْدَة). Abulfeda in seiner von FLEISCHER (1831) herausgegebenen vorislamischen Geschichte gibt einen Ueberblick über die Könige dieses Stammes und ihre Thaten und Geschicke. Seine Quelle ist der uns nun in der Ausgabe Wrights vorliegende *Kāmil*.

Ein König dieser Kinditen, Namens Ḥuǵr ibn-Ḥârith, verlor im Kampfe gegen die Asaditen durch Meuchelmord das Leben. Vergeblich suchte sein Sohn, der berühmte Dichterfürst Amru-l-kais die Asaditen mit Hülfe der Stämme Bekr und Taġlab zu unterwerfen. Als auch diese von ihm abfielen und obendrein Mundhir (*Ἀλαμούνδαρος* der Byzantiner), König von Hira, ihn verfolgte, fielen, Letzteren fürchtend, die Seinen alle von ihm ab. Mundhir ist Mundhir III., den Anuschirwan 531 wieder einsetzte und dessen Sohn *Ἀμβρός* in die Friedensverhandlungen zwischen Chosroës und Kaiser Justinian eingriff.[1]

Besitz- und hülflos irrte Amru-l-kais von einem arabischen Stamm zum andern. Schließlich rief er die Hülfe des Kaisers an[2] und nicht ohne Aussicht zurückgekehrt erlag er, ohnehin siechen Körpers, in Kleinasien den Strapazen der Reise.

Ehe er die Reise nach Rûm (Ostrom) antrat, deponirte er sein Waffengeräth, namentlich eine Anzahl Panzer, bei einem Gassaniten, Samauël ibn ʿÂdijâ dem Juden. „Nachdem Amru-l-kais gestorben war — wir übersetzen hier die Erzählung Abulfedaʾs — zog *El-Ḥârith ibn-Abuṡamar El-Ġassâni*[3] zu Samauël und forderte von ihm die Harnische des Amrulkais und was sonst von diesen bei ihm in Verwahrung war. Der Harnische waren hundert. El-Hârith hatte den Sohn Samauëls gefangen genommen; als demnach Samauël dem El-Hârith die Auslieferung des Verwahrgutes

---

1) *Corpus Scriptorum Byzant.* I p. 358.
2) Sein sagenhaftes Liebesverhältnis zu einer griechischen Prinzessin mag sich auf Arabia, die Tochter Justins II, des Neffen und Nachfolgers Justinians, beziehen, s. Corippus, *De laudibus Justini*.
3) s. über diesen syrischen Fürsten aus dem Geschlechte ʿGofna Ibn-Kotaiba's Ghassaniden-Geschichte bei Eichhorn, *Monumenta antiq. hist. Arabum* p. 160 ss. Die Benu ʿGofna hatten das Christenthum angenommen. Die Gassaniden-Fürsten (benannt nach غَسَّان, einer jetzt in Trümmern liegenden Stadt ein wenig nördlich von Bosra) herrschten als Vasallen des Kaisers über die syrischen Araber. ʿGabala, der letzte dieser Fürsten, flüchtete sich vor dem Chalifen Omar zu Kaiser Heraclius und wurde dort Christ.

verweigerte, sagte El-Hârith: „Entweder du lieferst mir die
Harnische aus oder ich tödte den Sohn Samauëls". Dennoch wil-
ligte Samauël nicht in die Auslieferung der Harnische, und Jener
tödtete seinen Sohn vor seinen Augen. Davon spricht Samauël in
mehreren Distichen, unter denen folgende[1]:

Die Panzer Kindi's habe ich treu bewahrt;
Wenn immerhin die Menge es verwirft, ich wahre Treue.
Einst gab mir ʿAdijâ die ernste Mahnung:
„O du mein Sohn, reiß ja nicht nieder was ich aufgebaut!"[2]

Derselben Geschichte gedenkt auch El-Aʿscha (الإعشى)
wenn er sagt[3]:

Sei wie Samauël, als ihn umringte jener Heldenfürst,
In einem Heerbann, staubaufwirbelnd, wie mitternächtlich Dunkel:
Er stand ein Wenig zaudernd still, rief dann ihm zu:
Tödte deinen Gefangenen; ich, ich vertheidige meinen Schützling.

So schließt Abulfeda seine Geschichte der Könige von Kinda.
Amru-l-kais ist einer der sechs alten Dichter (er obenan, dann
Nâbiga, ʿAlḳama, Zuheir, Tarafa, ʿAntara), deren Gedichte ein
besonders unter den Mauren hochangesehener Divan vereinigte.
Den ersten Theil dieses sechsfachen Divans, den Divan des
Amru-l-kais, hat 1837 der Baron Mac Guckin de Slane herausgegeben, ausgeschlossen jedoch die bereits von Hengstenberg
1825 mit dem Commentare Zûzeni's herausgegebene Muʿallaka.
Die dem Kitâb el-agâni (später 1840 und weiter von Kosegarten
herausgegeben) entnommene Lebensbeschreibung des Amru-l-
kais, welche de Slane dem Divan vorausgeschickt hat, führt uns
tiefer in das Verhältnis des Dichterfürsten zu dem Juden Samauël

---

1) Vollständiger bei Rasmussen, *Additamenta* p. 14 s.
2) In einem andern Gedichtfragment im Kitáb el-agâni sagt Samauël:
„Gebaut hat mir ʿAdijâ eine feste Festung, und Wasser so oft ich will hab'
ich zu trinken." Statt حصينا حصنا findet sich auch ديتا رفيعا, nicht
رقيعا. Nöldeke hat S. 61 Anm. 7 richtig رفيعا wie im Jâkût ed. Wuestenfeld I
S. ٩٢ Zeile 9—10: „ein hohes daran die Adler abgleiten (d. h. wo selbst diese
nicht horsten können); so oft mich Bedrückung traf, wies ich stolz sie
ab." Die Lesart رقيعا ist ein Schreibfehler. Das Kitáb el-agâni erzählt an
zwei Stellen: Er grub in seinem festen Schlosse einen Brunnen reichlichen
süßen Wassers (بيرا روية عذبة); die Araber pflegten sich da niederzu-
lassen, und er bewirthete sie und sie versorgten sich mit Lebensmitteln aus
seiner Veste und er richtete ihnen daselbst einen Markt ein."
3) Vollständiger ebend. und bei Haitsma, *Ibn-Doreid* p. 192.

ein. Der Berichterstatter ist *Dârim* Sohn 'Ikâl's, des Sohns Ḥa-
bîb's, der Gassanit, „einer von den Nachkommen Samauël ibn-
'Àdijâ's, der was er erzählt von den Greisen seines Stammes gehört hat." Der Bericht Dârims lautet (nach dem Texte de Slane's)
wie folgt:

„Als nun unter den Tajjiten der Krieg ausbrach wegen des
Amrulkais, verließ dieser seinen Aufenthalt bei ihnen, und begab
sich zu einem Manne vom Stamme Fezâre, Namens 'Amr ibn-
'Gabir ibn-Mâzin, und ersuchte ihn um Schutz, bis daß sich ihm
die Zukunft lichtete. Der Fezarit sagte aber zu ihm: O Sohn
Ḥuǵr's, wohl erkenne ich die beklagenswerthe Lage, in die dich
dein Volk gebracht, und ich bin geneigter, einen Mann wie du zu
schirmen, als die Leute des Ostens; denn gestern Abend noch
warst du in Gefahr, unter den Tajjiten gänzlich aufgerieben zu
werden. Doch sind die Wüstenbewohner (wie ich einer bin)
Leute des freien Landes, nicht Inhaber von Castellen, die sie vor
Gefahr sicher stellen könnten, und überdem sind zwischen dir
und Jenen die Raubwölfe vom Stamme Kais. Wie, soll ich dir
also nicht einen sicherern Ort anzeigen? Ich bin schon zum Kaiser gereist, habe No'mân besucht und habe keinen für einen
schwachen Fremdling, keinen für einen Hülfesuchenden geeig-
neteren Ort, keinen so unvergleichlichen Schirmherrn gesehen,
als .... Als wen? fragte Amrulkais, und wo ist seine Wohnung?
Es ist *Samauël* in Têmâ, erwiderte der Fezarit, ich will dir mit
Wenigem ein Bild von ihm entwerfen. Er wird deine Schwach-
heit schirmen, bis deine Zukunft dir sich lichtet. Er bewohnt ein
festes Schloß und steht in hohen Ehren. Da sagte Amrulkais:
Wie soll ich aber zu ihm kommen? Und Jener antwortete: Ich
will dich zu einem hinbringen, der dich hingeleiten wird. Da
nahm er ihn mit sich zu einem Manne vom Stamme Fezâre,
Namens Er-Rabi'a ibn-Dhaba' der Fezarit, Einer von denen die
bei Samauël aus- und eingingen, und gab ihm dann Lastthiere
und Geschenke auf den Weg. Als nun beide vereint sich auf den
Weg machten, sagte der Fezarit zu Amrulkais: Samauël findet
großes Ergötzen an der Poesie; auf denn! wir wollen ihm wech-
selseitig Gedichte vortragen. Da sagte Amrulkais: Mache du den
Anfang, ich will folgen. Und Rabi'a hub an:

Sprich zum Tode: wann werden wir mit dir zusammentreffen
In deiner Hausflur dort am steilabstürzenden Felsenabhang?

Es ist dies ein langes Gedicht, in dem vorkommt:

Ich kam zu den Söhnen von Musás ruhmwettstreitend
Und bei Samauël sprach ich ein'in Ablak, der Felsenburg;
Da war ich gekommen zum Würdigsten zur Uebernahme jedes Noth-
geschäfts,
Sei es des Schuldners, sei's des Drängers Sache, die an ihn kommt;
Man muß ihm zuerkennen aller Tugend Schaaren,
In sich vereint er alles Edle, übertreffend, unübertroffen.

Dann recitirte Amrulkais folgendes Lied:

Bei Nacht kam Hind zu dir nach langer Trennung,
Um Mitternacht, und hatte vordem keinen noch besucht.

Es ist dies — sagt der Biograph — eine lange Kaṣide, und
ich halte sie für untergeschoben, weil sie gar keine Aehnlichkeit
mit dem Style des Amrulkais hat und das Fremdartige (تُوليِد)
in derselben offenbar ist; auch hat sie keiner der glaubwürdigen
Schriftsteller in den Divan des Amrulkais mit aufgenommen. Ich
für meine Person halte sie für eins der von Dârim verfaßten Gedichte (denn dieser ist aus der Nachkommenschaft Samauëls)
oder für das Werk eines, der Darim's Gedichte fortgepflanzt hat.[1]
Deshalb ist sie hier nicht ausführlicher aufgezeichnet.

Darim fährt dann fort: So geleitete denn der Fezarit Amrulkais zu Samauël, sie hatten schon ein Stück des Weges zurück-
gelegt, siehe da stoßen sie auf eine wilde, bereits von einem
Pfeilschuß verwundete Fährse. Kaum gewahrt, so eilen seine
Gefährten herbei, sie zu würgen, und während sie damit beschäf-
tigt sind, siehe da ein Trupp Jäger von den Benu-Thu'al! Sie
fragten (die Ansprengenden): wer seid ihr? und diese gaben
ihnen ihre Stammtafel an, wobei sich fand, daß sie zu den Schütz-
lingen Samauëls gehörten. So gesellten sie sich denn zu einander
und setzten gemeinschaftlich die Reise fort. Amrulkais aber sang:

Scharweise tritt der Schütze von Thu'als Söhnen
Mit weidwerkkundiger Hand aus seinem Jagdzelt
Hält vor sich hin den neschembölzuen Bogen,
Um dessen Holz sich noch die Sehne schmieget.
Sieh da ein Wild, die Tränke suchend, läuft ihm zu,
Macht sich zum Ziele seinem wohlgemuthen Schuß.

---

1) Hienach scheint es, daß die Juden des alten Arabiens, obgleich völlig
arabisirt, doch selbst in Gedichten, die nach arabischer Weise Kampfesmuth
und Frauenliebe athmen, einen Styl schrieben, der dem feinfühligen Araber
seinen fremdartigen Ursprung verrieth.

Er schießt es gerade in die Wampen seines Bugs,
Indem's an der Cisterne oder Lache schleckt,
Mit einem spitzen Bolzen seines Köchers.
Wie eine Kohle Funken knistert, fliegt er hin,
Mit eines flüggen Vögleins Flaum von ihm geschmückt,
Und dann auf seinem Steine scharf gewetzt.
Die wohlgetroffne Beute stürzt nach kurzer Flucht.
O welch ein Mann! Fürwahr, kein Alltagsmensch.

Darim erzählt weiter: Man setzte nun in Gesellschaft den
Weg fort, bis man vor Samauël ankam. Diesem recitirte Amrulkais das Gedicht, und er erkannte ihr Recht auf Beschirmung.
Er quartirte sonach die Tochter des Amrulkais in einem Zelte
von Fellen ein, und die Männer bewirthete er in dem ihm gehörigen Speisezimmer mit Wein.[1] So verweilte Amrulkais eine
geraume Zeit, so lange Gott wollte, bei Samauël. Dann richtete
er an ihn das Gesuch, für ihn an El-Hârith ibn-Abuśamar, den
Gassaniten in Syrien, zu schreiben, daß er ihn zum Kaiser ge-
leiten möchte. Nachdem er sich von ihm ein Reisekameel er-
beten, vertraute er ihm das Weib[2], die Panzer und sein Vermögen, und ließ dabei seinen Vetter Jezid ibn-El-Hârith ibn-
Mu'âwija zurück. So machte er sich auf die Reise, bis er beim
Kaiser angelangt, der ihn freundlich aufnahm und besondere
Ehre erwies. Amrulkais stand bei dem Kaiser in hohem Ansehn;
doch schlich sich ein Mann vom Stamme Asad, Namens Tam-
mâh, dem Amrulkais einen Bruder, auch einen Asaditen, getödtet
hatte, heimlich bis nach Griechenland und hielt sich da versteckt.
Dann, als der Kaiser dem Amrulkais ein starkes Heer, unter dem
eine ziemliche Anzahl von Königssöhnen, zugestanden hatte, verließ Jener seine Verborgenheit, und (aufgehetzt durch ihn) sagten
einige Hofleute zum Kaiser: Die Araber sind ein treuloses, unzu-
verlässiges Volk. Hat Amrulkais nur erst seinen Endzweck er-
reicht, dann wird er gegen dich zu Felde ziehen mit den Trup-
pen, die du ihm mitgegeben hast." —

1) Nöldeke S. 59 übers. مجلس له براح mit „einem ihm gehörigen
Versammlungsplatz unter freiem Himmel." de Slane weiß sich vollends in
diese Worte nicht zu finden. Aber mejlis ist hier wie häufig ein Speise- und
Trinkzimmer, wo geschmaust und gezecht wird und براح bed. demgemäß
„mit Wein". Bekanntlich sagt der Moslem راح statt خَمْر, denn dieser ist
ihm verboten.

2) Die mit ihm geflüchtete Hind.

Mit feinem Takte läßt Abulfaraġ (der Verf. des *Kitáb el-aġáni*) hier die Geschichte von Samauëls unbeugsamer Treue weg. Er spart sie für die später zu gebende Biographie Samauëls auf, deren Anfang mir durch FLEISCHERS Vermittelung der sel. Kosegarten aus der Hammerschen Handschrift abgeschrieben; die Uebersetzung der Panzerbewahrungsgeschichte hat Nöldeke in seinen Beiträgen zur Kenntnis der Poesie den alten Araber (1864) gegeben.

Unter den nicht dem Divan des Amrulkais angehörigen Kasiden, welche de Slane in der einen Pariser Handschrift des Divans mit dem Commentar Jusufs aus Santa Maria (شنتمرية) vorfand, ist eine vielleicht der altarabischen Gedichtsammlung *El-Mufaḍḍalijât* (welche jetzt Thorbecke herauszugeben beabsichtigt) entnommene, welche eine Anspielung auf Samauël und seine hochragende Burg enthält. Sie beginnt folgendermaßen:

Glück auf zum Morgen, lenzliche Lagerstatt, sag' an,
Und erzähl' uns von dem weggezogenen Fähnlein die Geschicht' und
rede wahr.
Erzähle nur! „Bei Nacht zerstreuten die Saumthiere sich in die Ferne,
Gleich Palmen aus den Thälern, die ordnungslos durcheinander stehen.
Die Frauen legten die Polstersattel und, auf den aufsitzbaren Fohlen
Sich niederlassend, umwickelten sie Irak-Teppiche reichgestickt.
Ja Gazellen und Hindinnen sah man auf den Kissen, triefend
Von reinem Moschus und mit Jasminblühtenöl durchsalbt.
Mein unverwandtes Auge folgte ihnen, bis die sandgen Hügel
Mit den Alä- und Schebrik-Büschen mir die Aussicht raubten.
Sie folgten auf den Spuren einem Zug, der nach dem Reiseziel sich
streckte
Und bei 'Akik oder am Thalhübel von Mutrik rastet" —
Da rafft' ich mich zusammen ob ihres Wegzugs, und bestieg ein muthig
Kameel,[1]
Sichern Trittes, hoch, wie des Juden Gebäu, beflügelten Laufs,
Das wenn du's treibst, behend du findest, langgehalst,
Wie eine fruchtbeladne Dattelpalme aus Mu'niks Anbau.

---

[1] Der Scholiast bemerkt hiezu: „Er vergleicht seine Kameelstuten bezugs ihrer Länge und natürlichen Stärke mit dem Gebäu des Juden und deutet damit auf eins der Bergschlösser in Témä. Ebendeshalb erwähnt er den Juden, denn Témä ist eine ihnen gehörige Medine." Gänzlich misverstanden hat diesen Vergleich كبنيان اليهودى Reiske. *Prolegomena ad Tharaphae Moallakam* (1742) p. 72. Aehnlich Mutammim bei Nöldeke, Beiträge S. 112: „einer Kameelin, deren Rücken einem hochgebauten Schlosse gleicht, das die Nabatäer umwandeln."

Es schwebt aetherisch hin wie eine lichte Abendwolke.
Nacheilend einem von dem West gewiegten, zerrissnen Wolkchen.
So schnell als ob's ein krallend Kätzchen in seiner Flanke trüge.
Das weder auf der Straße noch im Hohlweg von ihm ließe.

In den *Additamenta* Rasmussens (1821) findet sich ein Ex-
cerpt aus Ibn-Nabata, welcher über den denkwürdigen Ausspruch
‫والسموﻝ انما رفى عن عهدك‬ „Wahrlich das dir gegebene Wort
erfüllt treulich Samauël" bemerkt: „Das ist Samauël ibn-ʿAdijä
von den Juden Jethrebs (‫يثرب‬ [1]), von welchem das Sprichwort
über die Treue gäng und gäbe ist: ‫اوفى من السموﻝ‬ „Treuer als
Samauël". [2] Dann wird erzählt, wie er, als ihn El-Hârith be-
drohte: Entweder du lieferst mir die Harnische aus oder ich tödte
dein Kind dennoch nicht treubrüchig wurde, sondern die Hin-
mordung seines jugendlichen Sohnes über sich ergehn ließ.
Mit Bezug darauf verfaßte Samauël seine Kaṣide: „O meine
Tadlerin, lasse dein Tadeln doch — wie manchem Machtspruch
einer Tadlerin war ich schon unwillfährig . . . Laß mich, und
irre ich, so gehe du den rechten Weg; nie wirst du, denk' ich,
irren wie ich geirrt!" [3] Und ebendarauf bezieht sich das Gedicht
El-Aʿscha's: „Sei wie Samauël . .", dessen zweites Distich [4] hier
lautet: „Da dachte er (Samauël): Treulosigkeit und Kinderlosig-
keit, zwischen diese zwei bist du gestellt: nicht ist in beiden
Glück, wie immer du wählest." „Samauël — heißt es weiter —
gehört zu den Dichtern der ʿGâhilije (der Zeit der Unwissenheit
d. i. der vorislamischen), und zwar zu den vortrefflichsten derselben: ihm gehört in der Hamâsa das berühmte auf *Lâm* rei-
mende Gedicht (‫اللامية‬): Wenn nichts Niedrig-Gemeines . ."
Drei Distiche, die hier auf dieses erste folgen. gehören einer

1) Dies der alte Name Medina's. s. Beidbâwi zu Sur. XXXIII. 13 vgl.
Hammer, Gemäldesaal I S. 77 f. Edrisi V, 3 versetzt Samauël in die Juden-
stadt Chaibar. Sein Schloß lag im osthauranischen Têmâ.
2) Ein ähnliches Sprichwort bei Demiri in seiner Naturgeschichte unter
dem Worte ‫الجزور‬. da wo er von der Vertheilung des Christenthums. Juden-
thums und Parsisnus auf die arabischen Stämme spricht.
3) Dies sind die zwei oben bei Abulfeda fehlenden Disticha. An diese
Kaṣide knüpft sich im Kitáb el-agâni nach den üblichen Bemerkungen über
die Musik derselben der Geschichtsbericht über Samauël, s. die Uebersetzung
bei Nöldeke in den Beiträgen S. 62 f.
4) Fehlt bei Abulfeda, s. über dieses Gedicht und seine zerstreuten
Fragmente Nöldeke a. a. O. S. 60—62.

anderen Kaṣide an; der D. sagt darin, daß er in Collisionsfällen die Ehre dem Vortheil vorzieht: إِنِّى اذَا ما الامْرُ بَيْنَ شَكُّهُ وَبَدَتْ عَوَاقِبُهُ لِمَن يَتَأَمَّلْ * وَتَبَرَّأَ الضُّعَفَآءَ مِنْ إِخْوَانِهِمْ وَأَلَحَّ مَنْ حَرَّ الصَّمِيمُ الكَلْكَلُ * أَدَعُ الَّتِى هِى أَرْقَبُ الخَلَّاتِ بِى عِنْدَ الحَفِيظَةِ لِلَّتِى هِى أَجْمَلُ * d. h. „Wenn eine (bisher) zweifelhafte (unentschiedene) Sache sich entscheidet und ihr Ausgang für einen, der sie betrachtet, klar und gewiß ist, Und die Schwächlinge sich von ihren Freunden lossagen, hingegen der Mann von edler Natur, der Kernmann, der Gedrungene, zäh ausharrt: So lasse ich bei der Wahrung meiner Ehre das mir vortheilhaftere Gebahren für das ehrenvollere." Andere drei Distiche Samauëls lauten:

O was werden doch wenn einst mein Sterbelied ertönt,
Was werden die Klagesängerinnen da doch an mir rügen?
Vielleicht daß sie sagen: Scheide nicht!
Viel Widriges hast du ja vertrieben durch Kuhnheit und Freigebigkeit.
Dein Recht hast du genommen, ohne Widerspruch zu erfahren:
Anderer Recht ihnen gespendet, ohne Streit zu erheben.

Nun wenden wir uns zu dem Gedichte Samauëls, seinem schönsten, wie es scheint, welches uns in der großen Hamâsa vollständig überliefert ist. Wie sehr es auch unter den andern Gedichten der Sammlung hervorragt, läßt sich schon daraus schließen, daß Schultens es unter die seiner Bearbeitung des Erpenius (1748) beigegebenen Lesestücke aufgenommen hat; von da ist es in die Chrestomathie von J. D. Michaelis übergegangen, deren Text Bernstein in einer 3. Ausg. (1817) einiger Kritik unterzog. Wir haben uns gestattet, es in klassisches Versmaß zu übersetzen, welches dem Geiste, den es athmet, zu entsprechen schien. Die Mitübersetzung der Scholien Tebrizi's rechtfertigt sich dadurch, daß diese manche werthvolle historische und sprachliche Erläuterungen des Gedichts enthalten; auch wird sie manchem angehenden Leser der Hamâsa den willkommenen Dienst leisten, ihn in diesen Scholien-Styl einzuführen. Sowohl Scholien als Gedicht, zumal letzteres, geben Anlaß zu mancherlei textkritischen Fragen; wir müssen uns beschränken und werden nur auf die wichtigeren eingehen.

---

1) So ist für الحرِ bei Rasmussen *Additamenta* p. 10 zu lesen und so wie folgt zu übersetzen; Rasmussen hat nichts Gescheites herausgebracht.

GEDICHT

DES JUDEN SAMAUËL IBN 'ÂDIJÀ EL-ĠASSÀNI

MIT DEN SCHOLIEN DER GROSSEN ḤAMÀSA.

Fragst du — wir sind ein Geschlecht Auserlesener,
El-Azd heisst unser Adel und das Wasser heisst Gassân.

Ein gassanitisches Dichterwort bei Mas-°ûdi

Es spricht Samauël Sohn 'Ádijâ's.

Der Eigenname Samauël ist ein improvisirter (ursprünglicher), kein übertragener (eig. appellativer).[1] Er ist gebildet nach der Form فَعَوْلَل, wie سَرَوْمَط, d. i. ein Behälter, worin der Wein verwahrt wird. Der Eigenname 'Ádijâ ist ihm analog in der Ursprünglichkeit und Nichtübertragenheit. Er ist das فَاعِلَاء von dem V. عَدَا (feindlich einfallen, feind s.), nach der Form قَاصِعَاء (Feldmausloch), رَاهِطَاء (dass.). سَافِيَاء (Staubwirbel) und سَابِيَاء (Secundine). Die Grundform ist عَادِوَاء, aber das Lam (der dritte Radikal) ist wegen des Kesra verwandelt (assimilirt) worden. Abu-l-ʿAlâ sagt: Es-Samauël ist ein ebräischer Name, er ist nicht arabisch. Man sagt auch, daß ein Ort von steinichtem Erdreich سَمَوْءَل genannt werde; man recitirt einen Satz von Amru-l-kais: Sie (*fem.*) stieben den Staub auf in dem hufegestampften, steinichten Erdreich (السَّمَوْءَل)." wo Andere sagen, daß sowohl dieses als الكِدِيد den Staub bezeichnen solle. — Das Wort ist aber nicht eingetragen worden (näml. in die alten Wörterbücher wie das صِحَاح 'Gauhari's). weil es nur arabisirt ist; doch schließt es sich von Seiten des Echtarabischen an das Vb. اِسْمَأَلَّ an in der Redensart اِسْمَأَلَّ الظِّلُّ von dem sich verkürzenden Schatten. So heißt es: „Es gingen zum Wasserplatz Plänkler und Späher, wie die Katâ's (eine Wachtelart) zum Wasser ziehen, wenn der Schatten sich zusammenzieht (sich verkürzt)", d. i. in der Mittagszeit, wenn die Wasserorte menschenleer geworden sind. Der Eigenname عَادِيَاء kommt mit und

---

1) Als urspr. Eigenname, nicht ein zum Eigennamen gewordenes Appellativum, sollte er ohne Artikel und indeclinabel sein, aber die folg. Erörterung zeigt, daß er sich auch als übertragen (مَنْقُول) betrachten läßt.

ohne Hamza vor. En-Nimr Sohn Taulabs sagt: „Warum hast du nicht
gefragt nach عاديها und seinem Hause, nach dem Essig und dem
Weine der nie (einem Gaste) vorenthalten wurde?" Und Samauël sagt:
„Gebaut hat mir عادينا (ohne Hamza) ein hohes Haus, und Wasser so
oft ich will hab' ich zu trinken." Andere sagen, السموءل mit Hamza

bedeute einen Vogel, السموءل ohne Hamza einen Landstrich mit hartem
Boden, angehörig, wie man sagt, dem Abdu-l-Melik Sohn Abdu-r-Rahîms
aus dem Stamme Hârith. Aber dieser gehört in die Zeit des Islam (und
kann also wenigstens noch nicht zu der Zeit Besitzer jenes Landstrichs
gewesen sein, als Dichter der vorislamischen Zeit wie Amrulkais denselben in ihren Gedichten so nannten).

' Wenn nichts Niedrig-Gemeines die Ehre des Mannes besudelt,
Kleidet jeglich Gewand, das er umhüllet, ihn schön.

Dritte Species des *Tawîl* mit *Mutawâtir*-Reim. Man sagt *danisa*
Aor. *jadnasu* mit dem Inf. *danas* und (in der 5. Form) *tadannas* mit dem
Inf. *tadannus* wenn er (das Agens von *danisu*) es mit Fleiß thut, näml.
sich geflissentlich beschmutzt. Der D. sagt: Wenn er sich nicht besudelt
dadurch daß er Unedles begeht und sich daran gewöhnt, so ist jedes Kleid
schön, welches auch immer er nach diesem (d. d. nachdem es sich einmal
entschieden, daß er sich nicht mit Unedlem befleckt) anziehen mag. Die
Erwähnung des رداء hier ist metaphorisch. So hat man auch die ähnliche
Redeusart: Es bekleide ihn Gott mit dem رداء seiner Handlungen, so daß
dies metonymisch gebraucht wird von der vergeltenden Belohnung
eines Menschen für das, was er thut, gleich wie es unser Dichter
metonymisch gebraucht hat für die Handlung selbst. Der eigentliche
Sinn (nach Auflösung der Redefigur) ist: So ist jede Handlung, welche
er auch immer nach Vermeidung von Unedlem ausüben mag, wahrhaft
schön. Das N. لوم bezeichnet eine Gesammtheit vereinter Eigenschaften, nämlich des Geizes, der vorsätzlichen Begehung dessen, was
der Edelsinn verwirft, und der geduldigen Ertragung von Niedrigem.
Es hat seine Wurzel in dem V. التثام (Zusammentreffen, n. a. VIII
des V. لأم) und der لئيم führt diesen Namen eben wegen der Insich-
vereinigung jener Fehler. Die Partikel إذا involvirt den Sinn der Pro-
tasis; das ف mit dem darauf Folgenden ist die dazu gehörige Apo-
dosis. Es ist dieses Distichon keineswegs von der Art des Ausspruchs:
„Die Schönheit besteht nicht im Gewande — merk' es wohl! — wenn
du auch mit buntgestreiften Kleidern angethan würdest", so daß man
etwa glauben könnte, er (Samauël) verstehe unter رداء die wirklichen
Kleider.

² Wer nicht der eigenen Seel' auflegt was Unbill ihr dünket.
Zu der Schöne des Ruhms führet für solchen kein Pfad.

D. i. Wenn er sie (seine Seele) nicht das ihr Unangenehme geduldig ertragen läßt. Die Grundbedeutung von ضَيْم ist das Abweichen vom Rechte. Man sagt: ضَامَهُ ضَيْمًا وهو مضيم (*offendit eum offendendo et ille offensus*), wenn Einer gegen den Andern den Weg der Billigkeit verläßt und ihn beeinträchtigt. Von dems. Verbum sagt man: Er blieb in dem ضيم des Gebirges d. i. in einer Gegend zu der man abwegs gelangt. Und wie man ضيم (Hintergrund, Winkel) vom V. ضَامَهُ (er hat ihn abwegs d. h. ungerecht behandelt) gebraucht, ebenso gebraucht man هَضْم, den Singular von أَهْضَام الوادى (Niederungen des Thals), von هَضَمَ er hat beeinträchtigt (eig. niedergedrückt). Unpassend zu dem hier zu erwartenden Sinne ist es, daß er mit dem Worte ضيمها die ihr von Andern zugefügten Unbilden meine, so daß er den Infinitiv mit dem Objektsgenitiv verbunden habe; denn sie (die Araber) verschmähen es, die ihnen von Andern zugefügten Unbilden zu ertragen, und achten dies für eine Selbsterniedrigung.

³ Schmähend rückt sie uns auf, daß wir nur wenig an Zahl sind,¹
Freilich, erwidert' ich ihr, Edle giebts Wenige nur.

Man sagt عَيَّرْتَهُ كذا (mit dem Acc. der Sache) und diese Construction (mit doppeltem Accusativ) ist die vorzüglichere, doch kommt auch vor: عَيَّرْتَهُ بكذا (mit ب der Sache). So sagt ʿAda: „O du Schadenfroher, der du Unglück zum Gegenstande des Vorwurfs machst (المعيّر بالدهر), bist du der (vom Unglück) Losgezählte und (von ihm) Unbeeinträchtigte?" D. i. Sie fand an uns die Kleinheit unserer Anzahl auszusetzen und rechnete sie uns zur Schande; da antwortete ich ihr, daß die Zahl der Edlen klein zu sein pflegt. Das N. الكَرَم ist Be-

---

1) Dem entsprechend beginnt ein oben in der Einleitung erwähntes Gedichtfragment Samauëls mit أعاذلتى o du meine Tadlerin, und der Anfang des Gedichts eines jüdischen Ungenannten, welches Nöldeke aus der Wetzsteinschen HS der *Mufaḍḍalijât* mittheilt, lautet: „Fragt (Anrede an Zwei) die Zurückgezogene was sie hat und über was uns nicht Geglücktes sie sich wundert — wir sind nicht der Erste, welchem mißglückt ist trotz seiner Behutsamkeit was er erstrebet." Also auch bei jüdischen Dichter legen wie die von arabischer Abkunft hohen Werth auf den Beifall der Frauen. In mehreren Gedichten der Hamâsa treten unvermittelt weibliche Verbalformen ein, die sich auf eine ungenannte Schöne beziehen.

zeichnung für Eigenschaften. die den durch اَللَّوْم bezeichneten Eigenschaften entgegengesetzt sind. Der Dichter gesteht in diesem Distichon die Geringheit der Zahl ein, nicht aber die Geringfügigkeit des intensiven Werthes. Siehst du nicht, wie er gleich im folgenden Distichon die Verneinung beifügt, indem er sagt: „Doch sind wenig nicht die, deren Ueberbliebne uns gleich sind.“ Sein Ausspruch, daß die Edlen Wenige sind, ist beziehungsreich: gemeint sind die gierigen Anläufe des Unglücks wider sie, der den Kern ihrer Mannschaft dahinraffende Tod, ihre todherausfordernde Kühnheit in Verfechtung ihres Ansehens, die Verachtung ihres werthvollen Lebens aus Furcht, mit Schande behaftet zu werden, ihr sorgsames Wachen über der Wohlerhaltung dessen, was ihre Ahnen gebaut haben; — alles dies aber vermindert die Zahl. Beide, قَلِيل und كَثِير, werden als Eigenschaftswörter sowohl beim Singular als beim Plural gebraucht (ohne selbst in den Plural gesetzt zu werden).

' Doch sind wenig nicht die, deren Ueberbliebne uns gleich sind.
Jüngling und Mannen, emporringend im Wettkampf zur Höh'.

Das و in بَقَايَاهُ bezieht sich auf die äußere Form des Wortes مَنْ zurück. nicht auf den Sinn desselben. denn dieser geht auf eine Mehrheit. und. sollte es diesem entsprechen, so hätte der D. بَقَايَاهُمْ (mit dem Suffix der Mehrzahl) gesagt. شَبَاب ist seiner Grundbedeutung nach Infinitiv. dann als Eigenschaftswort gebraucht. das aber wegen jener Grundbedeutung weder dualisirt noch pluralisirt wird. Man sagt: شَبَّ الصَّبِيُّ يَشِبُّ شَبَابًا (adolevit juvenis adolescit adolescendo). und شَابٌّ ist das n. ag.: ein n. ag. aber bildet keinen Plural nach der Form فَعَال. Sonach ist شَبَاب das n. act., gebraucht als Eigenschaftswort für den Plur. Die F. تَسَامَى hat der D. für تَسَامَى gebraucht mit Aphäresis des einen Te, indem er die Aussprache beider hinter einander zu schwerfällig fand. Fragt man: Warum ist es nicht inserirt (durch Teschdid ersetzt) worden. wie wir es inserirt sehen in der F. اَدَّارَكَ, die eigentlich تَدَارَكَ lautet. so antworte ich: Es kann hier keine Insertion stattfinden, weil es ja ein Aorist-Verbum ist. Siehst du nicht daß. wenn er inserirt hätte, wegen des Sukûn des ersten (der verdoppelten) Buchstaben die Zuziehung des Elif waslatum nöthig geworden wäre; das Elif waslatum aber tritt nicht vor Aorist-Verba.

اَلْكَهِل ist der, den bereits weißes Haar zu färben begonnen; ebendaher sagt man: اِكْتَهَلَ النَّبِت (die Pflanze ist in ihrer Vollreife), wenn die Blüthen (اَلْنُّوْر) sie rings umgeben.

' [Was treibt 'Adijâ's Leute, sagt selbe, doch also zum Wettlauf.
Leute so wenig an Zahl, dunkelumhüllten Geschlechts?]'
' Wenig! — Was schadet das uns? Ist unser Schützling doch
machtvoll,
Ist doch niedergebeugt der, den die Masse beschirmt.

In der Phrase ضرّنا ما kann ما eine Partikel der Verneinung
sein, und der Sinn ist dann: es schadet uns nicht. Doch kann es auch
ein interrogatives Nomen sein, mit der Bedeutung: was, so gebraucht, daß die Verneinung dadurch noch mehr bestätigt wird. Das
Waw des Satzglieds: عزيز وجارنا ist das *Waw* des Umstands, ebenso
das *Waw* des Satzglieds: وجار الاكثرين. Die unmittelbare Aufeinan-
derfolge zweier Umstandssätze ist gerade hier zulässig, weil beide auf
zwei (logisch) verschiedene Subjekte gehen; gingen sie auf Ein Subjekt,
so würde es unzulässig sein.[2] Die Nn. عزّ und عزازة werden gebraucht in
Beziehung sowol auf Macht und Unnahbarkeit, als auf Härte und
Festigkeit, wie wenn man sagt: تَعَزَّزَ اللحم das Fleisch ist derb geworden; denn dies Alles läuft auf denselben Grundbegriff hinaus, gerade
so wie ذَلّ und ذِلّ, das Gegentheil von jenem, von Nachgiebigkeit,
Lindigkeit und Weichheit gebraucht werden, indem sie (mit diesen
mannigfach gewendeten Bedeutungen) auf Ein und dasselbe hinweisen.

' Uns gehöret ein Berg — da hauset den wir beschützen —
Unersteigbar: gestumpft treibt er den Blick von sich ab.
' [Das ist Elâblak Elférd, die weithingepriesene Felsburg,
Mühsam, sich dehnend für den, der zu erreichen sie wünscht.][3]

Dem ähnlich ist: „Wir haben eine Bergveste inne, in deren Mitte
die Schlaffheit keinen Einlaß hat: doch kommt der Zufluchtsuchende
zu ihr, um vor dem Feinde geschützt zu werden." Mit der Nennung

---

1) Dieses Distich hat Schultens und die ihm folgen: Tebrizi aber erklärt es
nicht, es fand sich also nicht in seinen Exx. Die Sprache ist altertümlich und dem
Stile des Gedichts conform.

2) Der Scholiast meint, die Coordinirung zweier selbständiger Umstands-sätze
durch die Conjunction و sei nur dann zulässig, wenn beide ein anderes Subject
haben; denn sollte von Einem Subjecte auf diese Weise Verschiedenes prädicirt
werden, so müßte es in Einen Umstandssatz zusammengefaßt werden, wie.
يَأْتِي وهو آكِلٌ وشَارِبٌ, oder يَصْبِرُ وهو وَاقِفٌ مُنْتَظِرٌ

3) Tebrizi las also مَنِيعٌ statt مُنِيفٌ, wie Freytag's Text hat.

des Berges zielt der D. auf Festigkeit und Erhabenheit, d. i. wer unter unsere Obhut sich begiebt, wird unerreichbar seinen Verfolgern. — احتل hat dieselbe Bedeutung wie حَلَّ (sich irgendwo niederlassen. einen Ort zur Wohnung nehmen). — Das N. طرف bezeichnet beides, sowohl den Blick als das Auge. — منيع ist das n. ag. vom V. مَنَعَ mit den Infinitiven مَناعة und مَناع. Möglich auch, daß es die Form فعيل ist mit der Bedeutung eines n. patientis, so viel als منه , ممنوع, id a quo quid arcetur. Wie منيع in Bezug auf Festigkeit (inaccessus, tutus, potens) gebraucht wird, so gebraucht man es hinwiederum in Bezug auf Keuschheit, indem man sagt: امرأة منيعة oder متمنعة (mulier inaccessa). Weil dieses Distichon hier (in diesem Gedichte) steht, hat man es dem Samauël zugeschrieben, mit der Voraussetzung, daß dieser Berg das Castell Samauël's sei, welches الابلق الفرد hieß. und in einigen Textredactionen findet sich noch folgendes Distich: „Das ist El-Ablak El-Ferd, dessen Ruhm weithin sich verbreitet hat, schwierig für den der ihn zu ersteigen strebt, und langgestreckt."[1] Einige meinen jedoch, der Berg hier sei nur ein Bild für Festigkeit und Unnahbarkeit.

" Ihre Wurzel sitzt starr im Erdgrund; zu den Gestirnen,
Unerklimmbar an Höh', trägt sie ihr Wipfel empor.

رسا اصله d. i. festhaltbar, unausreißbar ist ihre Wurzel in der Erde. Die Vv. رَسُوَ und رَسُوخ liegen sich nahe in ihren Bedeutungen. und ثرى ist so viel als نَدَى humor, also eigentlich humus, näßliches Erdlager unter der Oberfläche. Was unter der Erdoberfläche ist, heißt ثرى. Man nennt es auch steigerungsweise ثرًى ثَرَى (humus humida, tiefgelagerte Naßerde). Dem رسو hat der Dichter das Correlat سمو gegeben. so wie er dem اصل (Wurzel) das فرع (Wipfel) gegenübergestellt hat.

1) Schultens fand dieses Distich in seiner Handschrift; es wird auch von Abulfeda in der Beschreibung Arabiens citirt. Die Burg empfing nach Jakûti's geograph. Lexikon den Namen El-Ablak (eig. die Zweifarbige, Scheckige) von dem Roth und Weiß ihres Unterbau's (في بنايه بياض وحمرة). الفَرْد heißt sie nach Schult. als die Einzige, Unvergleichliche, wofür sich der Vers Samauël's (in Kitâb el-agâni) anführen läßt: „In Ablak Elferd, da ist mein Haus, und das Haus Ennadirs (des jüdischen Araberstammes dieses Namens) ist anders als Ablak (nicht damit zu vergleichen)." Auch El-A'scha nennt das Schloß mit diesem Namen: „In Ablak Elferd, dem zu Tûmâ (من تَيْمَآءَ) gehörigen, ist gut wohnen."
Der Name der andern Burg El-Mârid (s. oben S. 2) bedeutet ‚der Trotzer'.

> [10] Wahrlich, im Kampfe zu fallen dünkt unserem Völkchen
> nicht Schande.
> Wenn auch ʿAmir so denkt, wenn auch so denket Selûl.

Nach regelrechter Redeweise hätte er sagen sollen: ما يرون القتل سبّة, so daß das Pronomen (das im Verbum liegende ضمير) des zu قوم gehören Attributivsatzes (صفة) sich auf dieses قوم zurückbezöge und nicht so ohne Bezug auf dasselbe dastünde. Doch da es sich von selbst versteht daß der Sinn des قوم auf sie (ʿAdijâ's Leute) geht, sagt er: ما نرى. Etwas dieser Redeweise Entsprechendes kommt in dem Conjunktivsatze (صلة) vor, und zwar so daß es hinsichtlich ihrer (nämlich der *synallage personae* im عائد) noch anstößiger ist, nämlich

أنا الذى سمتنى امى حَيْدَرَةً (*ego sum is, quem vocavit me mater mea Haidaram*), wo es eigentlich سَمَّتْهُ heißen sollte, damit der Conjunctivsatz nicht bezuglos dastünde auf das Pronomen, welches in dem *adjectivum conjunctivum* الذى enthalten ist. El-Mâzini sagt: Würde dieser Vers nicht ganz gewöhnlich und so oft citirt, so würde ich ihn verwerfen.[1] — القتل ist das Treffen der Seele (Lebenskraft), denn تَنَال ist so viel als نفس. Wenn Einer also sagt قَتَلْتُهُ, so will er damit sagen, daß er getroffen habe تِنَالَهُ d. i. die Seele (Lebenskraft) jenes, wie man, wenn man sagt رَأَسْهُ, damit meint, er hat seinen Kopf (رَأْسُهُ) getroffen. — Der D. will sagen: Wenn jene den gewaltsamen Tod für eine Schmach halten, so rechnen ihn hingegen meine Genossen für einen Ruhm. — السُبَّة ist das, wodurch geschmäht wird, so wie الخُدْعَة

---

1) Der Halbvers: أنا الذى سمتنى امى حَيْدَرَةً wird dem Chalifen Ali zugeschrieben; *Cod. Civil. Lips.* 8 (alte Nummer), die Noten Sinân-ed-dîn Jusuf Ben-Hosâm-ed-din's zum Korancommentare Beidhâwi's enthaltend, hat *fol.* 9 *r. lin.* 17 u. 18: وتقول على رضه انا الذى سمتنى امى حيدره عديمُ النظير ومُخالِفٌ للمقياس حتى قال المازنى ولولا اشتهارُ وُرُودِهِ وكثرتِهِ لَرددتُهُ

d. h. der Ausspruch Ali's, dem Gott gnädig sei: *Ego sum etc.* ist ohne Analogon und widerstreitet der Regel so sehr, daß El-Mâzini sagt: „Würde er nicht .." Die Regel nämlich, welche in der angeführten Stelle unmittelbar vor den Worten الموصولات غُيَّبٌ والرواجع اليها ضمائر steht, heißt: وتقول على الخ الغائب die Nomina conjunctiva (الذى, ما, من) sind dritte Personen, und die sich darauf zurückbeziehenden Pronomina sind die der dritten Person.

das wodurch betrogen wird. Die Grundbedeutung des V. سَبّ ist die
des Abschneidens, die dann in die des Schmähens übergetragen wird,
wie wenn man z. B. sagt: Der und der schneidet den Leuten die Ehre
ab (يقطع). - - Die Worte ما نرى bedeuten: wir machen keinen prak-
tischen Grundsatz daraus. — عامِرٌ وسلولُ d. i. ʿÁmir, Sohn Sʿasaʿah's
und die Söhne Selúls sind die Abkömmlinge Murrah's ben-Sʿasaʿah
b. Moʿâwija b. Bekr b. Hawâzin b. Mansûr b. ʿIkrimah b. Chasafah
b. Kais b. ʿAilân. [1]

" Liebe des Todes rückt uns die Lebensgrenzen so nahe.
Jenen liegen sie fern, denn es verschmäht sie der Tod.

D. i. unsere Liebe zum Tode. In dem ersten Halbvers kommt er
(der Dichter) dem Ausspruche jenes Andern nahe: „Ich sehe den Edlen,
den Hochsinnigen langes Lebens ermangeln." Denn er deutet darauf
hin, daß sie in ihrer Lebensblüthe dahingerafft werden, indem sie sich
in den Tod (eig. die Todesloose) stürzen, während jene am Leben er-
halten bleiben, weil sie aus dem Schlachtgewühl sich zurückziehn.
Möglich aber auch, daß der Dichter in den Worten حب الموت die
Liebe auf das Agens d. i. den Tod bezieht (= احب الموت لنا), wie
ein anderer Dichter sagt: „Ich sehe den Tod den Kern der Edlen er-
kiesen", und, dies vorausgesetzt, schließen die Worte وتكرهه آجالهم
den Sinn in sich, daß, wenn ihr Leben den Tod verabscheut, hinwiederum der Tod ihr Leben verabscheue. [2] Denke nur an den Ausspruch Do-
reid's: „Es verschmähen den Schlachtentod nur Sinima's Männer nicht:
sie verschmähen jeden andern, wie denn die Größe der (ihr entsprechenden) Größe zueilt." [3] Einer liest تُقَصِّر (verkürzt unsere Lebensfrist),
und er zieht diese Lesart vor, weil تقصر der direkte Gegensatz zu
طول ist; aber die Dichter beobachten so Etwas nicht, wenn nur die
inneren Bedeutungen ebenmäßig und correlat sind, und es geschieht

1) Vgl. Eichhorn, Monumenta p. 111. Gagnier, Vie de Mahomet p. 40.

2) Freytag: وَتَكْرَهُهُمْ (abhorret a morte vita eorum). Schultens: وَتَكْرَهُهُمْ
(abhorret ab iis mors s. termini ritae eorum). Ich ziehe die erste Lesart vor, in
welcher, wie Tebrîzi bemerkt, die andere als Folgesatz liegt (vita eorum mortem
aversatur, proinde mors eos).

3) Man könnte auch übers.: „und das Maaß eilt dem Maaße zu", d. h. und so
sehr sie den Schlachtentod suchen, sucht der Schlachtentod sie. Besser aber faßt
man die Worte als حال, als allgemeinen Satz, unter welchen sich der vorhergehende subsumirt: „wie denn die Größe der (ihr entsprechenden) Größe zueilt."
Dies ist dem Geiste der Sprache, und besonders der Dichtersprache, angemessener.

dieß (dieses Nichtbeachten) von ihnen als das was zur Reinerhaltung von Affektation (Erkünstelung) beiträgt. Siehst du nicht, daß Abu Dhuaib sagt: وَشِيكُ الفُصُولِ بَعيدُ القُفُولِ الا مشاحا بِه او مُشِيبِحًا d. h. (er ist) hurtig zum Weglaufen, langsam (eig. entfernt) zum Wiederkehren; (er ist wie) wilde Stiere, wenn man sich vor ihnen scheut, oder sie sich scheuen (d. h. so menschenfeindlich wie die Hirschart, welche البقر الوحشيّ heißt, sich dann zeigt, wenn sie, etwa in der Brunstzeit, durch Wildheit die Menschen verscheucht oder, außer derselben, vor den Menschen flieht). Der D. hätte für بعيد sagen können بطى (langsam, opp. وشيك), aber er hat dies nicht beachten mögen.

12 Unserer Tapferen keiner starb langsam zu Tode sich röchelnd. Nirgendwo floß sein Blut rachelos Einem dahin.

حَتْفَ ist in den Accusativ gesetzt zur Bezeichnung des Zustandes (حال), ungebräuchlich davon ist das Prät. حُتِفَ und ebenso das n. pat. محتوف. Nicht gleichartig ist die Phrase: تبسّمت وميضَ البرق (sie lächelte nach Art des Zuckens des Blitzstrahls).² Man sagt, daß der Erste, der sich der Redensart حتف انفه bedient hat, der Prophet, Gott segne ihn (und schenke ihm Heil), gewesen und die eigentliche Ausdrucksweise diese sei: كان حَتْفُهُ بأنفه (fuit exspiratio ejus per nasum ejus). d. i. بالانفاس, durch die Athemzüge, die aus seiner Nase

1) So hat man zu lesen, nicht الفُصُول, was hier keinen Sinn gibt, am wenigsten als Gegens. zu القُفُول. Daß أَلاَ ʿ auszusprechen ist, zeigt schon das Metrum.

2) In ماتَ حَتْفَ أَنْفِهِ ist der Acc. nach den Arabern الْحَال, d. h. حَتْفَ أَنْفِهِ bedeutet so viel als على حالِ كون حَتْفِهِ بأَنْفِهِ τοῦ αὐτὸν ἐκπνεῦσαι διὰ τῆς ῥινὸς ὄντος oder nach der andern Auffassung, vermöge welcher die Nase selbst der exspirans oder moriens ist: على حال كون أَنْفِهِ حَاتِفًا τῆς ῥινὸς αὐτοῦ ἐκπνευσάσης. Hingegen in تبسّمت وميضَ البرق ist der Acc. نَصْب المفعول المطلق, wegen der Verwandtschaft der Bedeutungen von تَبَسَّمَ und وَمَضَ, indem bei'm Lächeln der schnell halbgeöffnete Mund die Zähne durchblitzen läßt, ebenso wie bei'm Blitzen die Wolken schnell von dem sie durchzuckenden Wetterstrahl getheilt werden. Das Blitzen ist gleichsam ein Lächeln des Himmels, das Lächeln ein Blitzen des Mundes. Beide Bedeutungen vereinigen sich in الْاِفْتِرَار.

ausgingen, als er seinen Geist aufgab, nicht auf Einmal (nicht durch einen in Einem Moment erfolgenden Tod). Andere sagen, er habe dieß (den Act des Exspirirens) speciell der Nase zugetheilt, weil von ihr der letzte Athemzug gleichsam als eine Schuld eingefordert wird.[1] Nach einer andern Lesart: وما مات منا سيد في فراشه (keiner unserer Helden stirbt auf seinem Bett) — dies die Lesart derer, welche das Gedicht für ein vormuhammedisches halten (nämlich weil zuerst M. die Phrase حتف أنفه gebraucht habe). Die Worte ولا طل منا حيث كان بطيل bedeuten: nicht umsonst war das Blut irgend eines Getödteten von uns. Man sagt: طل دمه, wenn es umsonst (ungerächt) bleibt und nicht geahndet wird; in diesem Falle heißt es مطلل, wie man auch sagt قد طله فلان (mit dem Accusativ des Blutes): Der und der hat es ungestraft vergossen. Der D. sagt: Wir sterben nicht, sondern wir werden getödtet und das Blut jedes unserer Getödteten bleibt nicht ungerochen.

. [12] Unser Leben und Blut strömt hin auf die Schärfe des Schwertes,
Nirgend strömet es hin als auf die Schärfe des Schwerts.

Eine andere Lesart ist: تسيل على حد السيوف نفوسنا (auf die Schneide der Schwerter). — نفوسنا d. i. أرواحنا (unsere Lebensgeister), auch kann es soviel sein als دماؤنا (sanguines nostri), denn das Blut wird نفس genannt (als Element des physischen Lebens). Die Kindbetterin heißt نَفَسَاءُ wegen des in den Tagen ihren Gebärens von ihr abfließenden Blutes. — Ferner sagt der Dichter وليست على غَيْرِ الظِّبَاتِ تسيل, so und nicht على غَيْرِها, in beiden Lesarten (dieses Verses, nämlich sowohl derjenigen, welche zweimal الظبات, als derjenigen, welche zweimal السيوف hat), weil die Dichter sowohl die Ge-

---

1) Die beiden Sätze mit يقال repräsentiren zwei hinsichtlich der grammatischen Erklärung des حَتْفَ أَنْفِهِ einander entgegengesetzte Meinungen: die erste ist die, daß in dieser Redeweise das Exspiriren nur durch eine kürzere Ausdrucksweise auf die Nase bezogen werde, statt diese als den Kanal darzustellen, durch welchen das dem ganzen Körper gemeinschaftliche Exspiriren erfolge, also حَتْفَ أَنْفِهِ st. حَتْفًا بِأَنْفِهِ; die zweite ist die, daß die Nase wirklich durch eine Prosopopöie als das vom ganzen Körper allein Exspirirende dargestellt werde, indem der Todesengel von Seiten der Nase den letzten Hauch als ein debitum eintreibe.

schlechts- als die Eigennamen häufig zu wiederholen pflegen, besonders, wenn sie damit eine Person oder Sache als groß und wichtig darstellen wollen (تفخيم), wie z. B. ʿAdi sagt: „Nicht seh' ich von dem Tod, daß überflügelt den Tod irgend ein Ding, es verkümmert der Tod das Leben dem Herrn des Reichthums und dem Armen." Die Verbindung des حدّ mit الظّبات läßt eine doppelte Erklärungsweise zu. Nach der ersten hätte er unter ظُبَات die ganzen Schwerter verstanden und dann حدّ damit verbunden (als ausmalenden Zusatz: حدّ الظّبات, *acies ensium* s. v. a الظّبات الحادّة *enses acuti*, so daß حَدّ nichts in der Quantität des Begriffes ändert), nämlich wie das Schwert, so lang es ist, und der Pfeil, so lang er ist, نَصْل genannt werden (eig. *cuspis*, Schwert-, Pfeilspitze). Nach der andern wäre حدّ mit الظّبات wie der Theil mit dem Ganzen verbunden und in der entfalteten Form (*restitutio ad integrum*) müßten die Worte lauten: تسيل على الحدّ من الظّبات, so daß dann ظُبَات die Schneiden der Schwerter wären.[1] Fragt man: Wie so rühmt er sich dessen, daß ihr Blut auf die Schärfe der Schwerter hinfließe, nicht auf irgend etwas Anderes? so antworte ich: das Blut wird manchmal auch mit Stöcken und anderen nicht ehrenvollen Werkzeugen zum Fließen gebracht; so rechnet er denn die Todesart durch das Schwert für ehrenvoller. Die Benu-Asad erhielten den Namen عبيد العصا (die Steckenknechte), von wegen des Begebnisses, daß Hogr, der Vater des Amrulkais, die ihnen beigebrachte Niederlage herbeiführte vermittelst eines Steckens, damit ihre Todesart eine recht schimpfliche wäre. Ein anderer Dichter sagt: „Wir kämpfen unter einander nicht mit Knütteln, noch werfen wir uns mit Steinen, es sei denn, wie wenn ein Renner mit muskelschwellenden Füßen das zweite oder erste Mal ausläuft (nämlich beim Pferdewettrennen, d. h. überhaupt: zur Uebung, zum Spiel)."[2] Was den Ausspruch des Dichters betrifft: „Wenn er auch mit den Abân's[3] käme diese als Mahlschatz mitbrächte), um sie (irgend eine Schöne) zu werben: blutig geschlagen würde die Nase des Freiers", so ist zu

---

1) Im ersten Falle wäre also zu übersetzen: auf die Schärfe der Schwerter (auf scharfe Schwerter), im zweiten: auf der Schärfe der Schneiden.

2) Man könnte auch übers.: bei'm zweiten oder ersten Rennen eines einhersprengenden Rosses mit muskelschwellenden Füßen (d. h. bei'm Pferde-Wettrennen). So näml., wenn man die beiden Accusative als *acc. temporis* nimmt; dagegen spricht aber vorzüglich der Sing. سابح: wir ziehen es daher vor, die Acc. als die Art und Weise bezeichnend zu fassen.

3) أبَانَان, Dualis von أبَانُ, sind die zwei Hälften des durch ein Thal getheilten Abân-Gebirges, der schwarze und der rothe Abân, s. Wetzstein, Nordarabien S. 10 vgl. Samachschari's Goldene Halsbänder No. 38.

bemerken, daß man einen Kamelhengst von niedriger Abkunft, wenn er einer edlen Stute zuläuft, mit dem Stock auf die Nase zu schlagen und ihn damit aufs Gesicht zu hauen pflegt: von dieser Sitte ist jener Ausdruck hergenommen. Der erste Halbvers deutet auf Tapferkeit, der zweite auf Ehrenfestigkeit und stete Ehrenvertheidigung.

" Wir sind rein, nicht getrübt; es lichteten ' unseren Adel
Frau'n hochbürtiger Frucht², Männer erles'nen Geblüts.

D. i. lauter ist unsere Geschlechtsreihe geblieben, so daß nichts Unreines sie getrübt (inficirt) hat. Man sagt: كَدَرُ المَاءِ (das Wasser ist trübe), Aor. يَكْدَرُ. Inf. كَدَرًا, كُدُورًا und كُدُورَةً, das Wasser heißt أَكْدَرُ oder كَدِرٌ: auch sagt man كَدَرَ, Aor. يَكْدُرُ in derselben Bedeutung. — سِرٌ bezeichnet hier die treffliche Abstammung. Man sagt: Der und der schlägt fürwahr ein in سِرٌ d. i. gehört zu einem trefflichen Geschlechte. An andern Stellen bedeutet سِرٌ die Beiwohnung, weil diese سِرّاً heimlich vollzogen wird, und an noch anderen Stellen ist سِرٌ auch eine Benennung der männlichen Scham.

¹⁵ [Wir besteigen die Rücken ergiebiger Höhen, zu Zeiten
Lagern wir uns in den Schooß blühender Thäler hinab]."
¹⁶ Regen aus Silbergewölke sind wir: in unserem Stammhaus
Ist kein Blöder und kein Geiziger, zu uns gezählt!

Das Regenwasser ist das lauterste Wasser bei ihnen (den Arabern der Wüste), deshalb vergleicht er die Makellosigkeit ihrer Geschlechtsreihe mit der Reinheit des Regenwassers. — مُزْن ist weißes Gewölk, dessen Wasser das reinste ist von wegen seiner Ungebrauchtheit (weil helles, nicht dunkles Gewölk sich schnell und unvermuthet entladet). Statthaft ist auch, daß der Sinn des Bildes die Freigebigkeit sei, d. i. wir sind, gleich dem Regengusse, nützlich den Leuten und lassen hinter uns einen Regen (von Wohlthaten) zurück. So wurde Elmundhir zubenamt ماء السماء (das Himmelswasser), weil er in Zeiten der Dürre und Hungersnoth dem Elend der Leidenden abzuhelfen pflegte. —

1) Schultens: puram extrahere, nach der ihm und überhaupt der holländischen Schule eignen Emphasensucht.

2) Schultens: حَمْلَهَا, nicht حَمْلَنَا.

3) Dieses Distich übergeht Tebrizi, und doch bot es ihm hinlänglichen Stoff zu interessanten Bemerkungen: es fehlte in seinen Codd.

نِصاب (Stammbaum, Stammgenossenschaft) ist so viel als اصل (Wurzel, Geschlecht), ebendaher sagt man نصاب السكين, das Messerheft
(der Messergriff). — كِهام (stumpf) ist das, dessen Schärfe abgerundet
(abgekantet) ist, d. i. jeder von uns ist durchdringend scharf, und es
ist kein Geiziger unter uns, der mitgezählt werden könnte. Es ist
dies eine Negirung des Geizes überhaupt, und nicht blos dessen, daß es
unter ihnen irgend einen Geizigen gäbe, der mitgezählt würde. Dem
ähnlich ist: ولا ترى الضب بها يَنْجَحِرُ (wörtlich: und nicht siehst
du die Eidechse daselbst sich verkriechen) d. i. es gibt überhaupt keine
Eidechse daselbst, die in ihr Loch sich verkriechen könnte. — Man
sagt: كَهُمَ Aor. يَكْهُمُ, und كَهَمَ Aor. يَكْهَمُ, Inf. كَهامَةً, davon
das Eigenschaftswort كَهام und كَهيم. Letzteres legt man einem
Manne bei, wenn er schwächlich, und einem Schwerte, wenn es stumpf
ist. Abu-Hilâl sagt[1]: Dieses Distich ist fehlerhaft, denn Stumpfheit
und Penetranz haben mit dem Wolkenwasser durchaus nichts gemein.
Der Dichter hätte sagen sollen: „Wir sind der Glanzwolke gleich an
Lauterkeit der Sitten und Schenklustigkeit der Hände", oder[2]: „wir
sind Schwerter, die kein Stumpfwerden behaftet und keine Schartig-
keit verunziert."

[17] Wenn wir wollen, verwerfen mit Nein wir die Rede der Menge,
Reden wir — Niemand verwirft unsere Rede mit Nein.

Vergleichbar dem Ausspruche jenes Andern: „Nichts vermögen
die Menschen über einen Knoten, den er zusammenschnürt; er hingegen löst den ihrigen auf, wenn er auch fest geschürzt ist."

[18] Scheidet ein Herrscher aus uns, so erstehet ein Herrscher, be-
redsam,
Der thatkräftig den Rath edler Genossen vollstreckt.

Dem ähnlich ist der Ausspruch Hâtims: Wenn ihnen ein Gebieter
stirbt, so steht ein gleicher auf, welcher ihn vollkommen ersetzt und
seine Stelle einnimmt.

----

1) Ohne Zweifel ist hier in Freytags Texte قال ausgefallen.

2) Freytags اى ist offenbar falsch gelesen für او. Nach Abu Hilâl hätte der
Dichter entweder dies oder jenes sagen müssen, um in der selben Bildrede zu bleiben. Schultens hat weder اى noch او; er hat überhaupt den Kritiker des Samauël
gänzlich mißverstanden.

¹⁹ Nie verglomm uns das Feuer, daß nicht ein nächtlicher Wandrer
Dran sich wärmte, kein Gast hat wohl getadelt uns je.

Er meint das Feuer der Gastfreiheit [1], d. i. wir lassen es beständig
brennen und löschen es nicht aus ohne einen nächtlichen Ankömmling [2], denn طُرُوق wird speciell von dem Kommen bei Nacht, nicht
am Tage gesagt; ebendarum heißt ein Stern طَارِق (der Nachtwandler
d. i. der Morgendämmerungsstern, die زُهَرَة)

²⁰ Unvergeßlich gezeichnet dem Feind sind die Tag' unsrer
Schlachten [3],
Rossen gleich, weiß an der Stirn, weiß an den Füßen gescheckt.

D. h. unsere Treffen sind berühmt unter unseren Feinden, so daß
sie unter den Tagen sind, wie die an der Stirn weißgefleckten, unten
an Füßen weißgeringelten Rosse unter den Pferden [1]; خَجْل bezeichnet
eigentlich eine Fußspange (wie sie Frauen oberhalb der Knöchel zum
Zierrath anzulegen pflegen); wenn nun der weiße Fleck am Orte
dieser Art von Fußputz (periscelis) ist und darüber, so nennt man
das Roß مُحَجَّل.

1) Dieses Feuer diente nicht blos zum Wärmen und Braten, sondern auch als
nächtliches Signal für Reisende und Dürftige, die der Gastfreundschaft bedurften.
Nuweiri, in Rasmussen's *Addi.tamenta ad historiam Arabum ante Islamismum*,
pag. ٧٢, zählt unter den 14 „Feuern der Araber" als dreizehntes auf „das Feuer
der Gastbewirthung", نَار القِرَى, und sagt von ihm: Dieses ist eines der Dinge,
deren sich die Araber am meisten rühmten; sie zündeten es in den Nächten der
rauhern Jahreszeit (الشِتَاء) an und ließen es recht hoch brennen für diejenigen,
welche gastliche Bewirthung suchten; je stärker es nun selbst und je höher der Ort
war, auf welchem es angezündet wurde, desto rühmlicher war es.

2) Schultens gegen Sprache und Scholion: *pro nocturno hospite.*

3) Von hier an (frei nach Michaelis) hebräisch übersetzt in der Zeitschrift
Meassef 1790 S. 245 ff.

4) بَيْن الخَيْل. Schultens liest in seinen Excerpten بَيْن الأَفْرَاس, was
dasselbe; فَرَس bez. in der ältern Sprache überh. ein Pferd, in der neuern Sprache
eine Stute wie حِصَان einen Hengst; خَيْل ist in beiden der allgemeine Collectivname ohne Rücksicht auf Geschlecht und Werth.

²¹ **Unsere Schwerter, gezückt allwärts in Osten und Westen,**
Haben Scharten sich an feindlichen Panzern gehaun.

قِرَاع ist soviel als مُقَارَعَة und dieses bezeichnet das gegen-
seitige Hauen; das, womit geschlagen wird, heißt مِقْرَعَة, auch heißt
der Ring an einer Thüre, wenn er länglichte Form hat, مِقْرَعَة (Thür-
schlägel, — hammer). — D. i. unsere Schwerter sind voller Scharten,
weil wir mit denselben gegen die Feinde ankämpfen. Er sagt من قِرَاع
الدَّارِعِين, indem er darauf hinzielt, daß ihre Feinde sich mit äußer-
ster Sorgfalt gegen sie verwahren. — دَارِعِين sind solche die mit
Harnischen gewappnet sind. Man flektirt von diesem Worte kein
Fa'al (erste Form des Vb. fin.); dies دَارِع vertritt nur die Stelle der
Nisba *(adjectivum relationis)*. — Die Worte فى كل غرب ومشرق¹
sind Ortsbezeichnung (ظرف) zu قِرَاع الدّارِعِين, d. i. an unsern Schwer-
tern sind Scharten von dem Zuhauen in jedem Osten und Westen
(d. h. in jeder östlich und westlich gelegenen Gegend).

²² **Weil sie gewohnt, nicht eher zurück in die Scheide zu kehren,**
Bis sie Schaaren von Volk, einmal gezogen, vertilgt.

مُعَوَّدَةً ist der Umstands-Accusativ: gewohnt, wie sie sind; es könnte
auch in den Nominativ gesetzt sein als Prädicat eines vorausgegange-
nen und zu subintelligirenden Subjekts (nämlich des aus dem أَسْيَافُنَا
im vorigen Verse herauszunehmenden Pronomens هى: sie sind gewohnt, هِىَ مُعَوَّدَةٌ); ist es Umstands-Accusativ, so ist dessen عَامِل
(regens) das, was angedeutet wird von den Worten des Dichters:
بها من قِرَاع الدّارِعِين فلول (an ihnen sind von dem Zuhauen auf
Gepanzerte Scharten).² Er will sagen: Unsere Schwerter sind gewohnt
nicht aus ihrer Scheide gezogen und dann wieder hinein gesteckt zu
werden, außer nachdem eine Volkschaar durch sie dem Verderben

---

1) Vgl. zu dieser Umstellung das Scholion zum letzten Distich.

2) Das Angedeutete ist nämlich das Vb. fin. إِنْفَلَّت, sie haben Scharten be-
kommen, indem sie gewohnt sind etc. Die Araber nehmen an, daß ein Umstands-
Accusativ allemal von einem entweder expliciten oder impliciten Vb. fin. regirt
werde. Hier schließt sich der Umstands-Accusativ an das Subject des durch Sub-
intelligirung gewonnenen Verbums an.

preisgegeben ist. — جَمِيل ist eine Menschenmenge von verschiedenen Stammvätern, Plur. جُبُل; hingegen قَبِيلة ist eine Menschenmenge von Einem Stammvater, Plur. 'قَبَايِل. — Man sagt: عَوَّدْتُهُ كذا (ich habe ihn an das und das gewöhnt, mit doppeltem Accus.) und sodann تَعَوَّدَ und اِعْتَادَهُ (er hat sich daran gewöhnt, mit dem Acc. der Sache). Die Gewohnheit — عَادَة — hat ihren Namen von عَوْد, dem Zurück-kehren (Sich wiederholen). — Ferner: man sagt غَمَدْتُ und أَغْمَدْتُ mit dem Acc. des Schwertes (ich habe das Schwert in die Scheide ge-steckt), von غَمَدَ mit der Grundbedeutung des Verbergens; davon: تَغَمَّدَهُ اللهُ بِرَحْمَتِهِ Gott verhülle seine Sünden mit seiner Barm-herzigkeit!

²³ Wenn du's nicht weißt, so befrag' dich nach uns, man wird
dich berichten[1],
Denn ein Kenner und Unkundiger sind doch nicht gleich.

Eine andere Lesart: سلى ان جهلت الناس عنا فتخبَّري d. i. wenn du unserer unkundig bist, frage die Leute, so wirst du über das was wir sind berichtet werden; denn der Wissende und der Un-wissende sind von einander verschieden. — فتخبَّري ist ins *futurum nazbatum* gesetzt, wegen des (in فَ) versteckt liegenden أَنْ (auf daß du berichtet werdest, لِأَنْ تُخْبَّرِي) und ist durch فَ eingeführter Nach-satz des Imperativs. — سَوَآء = اِسْتَوَآء, wie man sagt: dieser Dirhem فِى اربعة أيّامٍ تَمَّ تَمَامًا = تَمَامًا ist vollwichtig.[2] Im Koran heißt es:

---

1) Diese Lesart scheint mir die vorzüglichere; ich habe deshalb so übersetzt, und nicht: Weißt du es nicht, so frage die Leute was wir und was sie sind (عَنَّا وَعَنْهُمْ). Die Naivität der zweiten Verszeile verwischt G. Weil (Die poë-tische Literatur der Araber 1837), indem er übersetzt: „Wenn du uns nicht kennst, so frage nur nach uns und nach Anderen, es wird dir nicht gleichgültig sein, ob du uns kennst oder nicht".

2) Durch diese Parallele deutet Tebrizi an, daß سَوَآء, eigentlich abstractes Verbalnomen (wiewohl es nach der zuletzt angeführten Auctorität des Gramma-tikers El-Achfasch auch so gefaßt werden kann, daß es in concreter Bedeutung: gleich, wegen seiner ursprünglichen Infinitivnatur im Dual unverändert und von لَيس in den Acc. gesetzt wäre), möglicherweise mit weggelassenem Vb. finitum als Inf. abs., مفعول مطلق, steht. Beide Auffassungen zeigen sich auch in den

سَوَآءً لِلسَّائِلِين (in vier gleichen Tagen für die Bittenden) = مستويات (gleich seiend), wo andere Koranleser: سِوَآءٍ als Infinitiv-form, in dem Sinne von اِسْتِوَآءٍ. El-Achfasch berichtet: Der Dual ist سَوَآءٌ und سَوَاءَانِ, der Plural أَسْوَآءٌ.

²¹ Dajjans Söhne, fürwahr! sind ihrem Volke ein Polpunkt,
Um den kreisenden Gangs sich seine Mühle bewegt.

Die eiserne Axe im Bodensteine der Mühle ist es, um die der Läufer oder obere Mühlstein umgetrieben wird. Darnach ist der Pol des Himmels benannt (قُطْبٌ), weil um ihn die Himmelskugel sich um-dreht, und vergleichungsweise sagt man: Der und der ist قُطْبُ der Söhne des und des d. i. ihr Gebieter, bei dem sie Obhut suchen. Fer-ner: Er ist قُطْبُ (der Angel- oder Drehpunkt) des Krieges. Der Sinn von قُطْبُ hier ist, daß das Geschäft ihres Stammes durch sie ausge-führt werde, wie das Geschäft der Mühle ausgeführt wird durch jene Axe. — [Hören wir wie] Abu-Muhammed el-A'râbi sagt in seiner Widerlegung folgender Worte En-Nemiri's. ¹

„Samauël sagt: Und unsere Schwerter sind in jedem Westen und Osten. Dieses Distichon gehört dem Abdu-l-Melik ben-Abdu-r-Rahîm El-Hârithi, nicht dem Samauël ben-'Adijâ dem Gassaniden an. Der offenbare Beweis dafür liegt in den Worten desselben in dieser Ka-side: So sind denn fürwahr die Söhne Dajjâns eine Axe ihrem Volke. Ed-Dajjânu ist Jezîd b. Katan b. Zijâd b. El-Hârith des Jüngern b. Mâlik b. Zebî'ah b. K'ab b. El-Hârith des Aeltern. Und wenn jemand fragt — fährt El-Nemiri fort —: Warum setzt er den Westen dem Osten voraus, da die Gewohnheit es mit sich bringt zu sagen: der Osten und der Westen?, so ist die dies beseitigende Antwort:

beiden Lesarten der angeführten Koranstelle *Sur.* XLI, 9 : Und er (Gott) stellte auf sie (die in zwei Tagen erschaffene Erde) Vesten (Berge) über sie (die sich über ihre Oberfläche erheben), und legte Segen in sie (die Erde), und ordnete auf ihr die Nahrungsmittel an, die sie tragen sollte in vier gleichen (gleich langen) Tagen, für die welche darum bitten würden. Beidhawi hat zu diesem سِوَآءٍ die Bemer-kung: أَيْ اِسْتَوَتْ سَوَآءٌ يَعْنِي اِسْتِوَآءً وَالْجُمْلَةُ صِفَةُ أَيَّامٍ وَيَدُلُّ عَلَيْهِ (nämlich سَوَآءٍ) قَرَاءَةُ يَعْقُوبَ بِالْجَرِّ.

1) ى رَدَّهُ عَلى. Die RA رَدَّ عَلَيْهِ قَوْلَهُ bedeutet eigentlich: er (A) trieb seine (B) Rede zu ihm (B) zurück, d. h. er (A) zwang die Rede, welche jener (B) gleichsam gegen ihn (A) ausgesendet hatte, zu jenem (B) zurückzukehren.

er thut dies, daß er den Westen voraussetzt, wegen seiner und seines Volks Niederlassung in selbigem, da er, der Westen, seine Wohnung und der ihnen am nächsten gelegene Himmelsstrich war."

Hierauf entgegnet Abu-Muhammed el-A'râbi: „Hier ist das Sprichwort an seinem Orte: Ein Schwachkopf, der schweigt, ist besser als ein Schwachkopf, der redet. Wie kann denn der Westen der Wohnort El-Hârith ben-K'ab's sein, da diese den südlichen Strich von Jemen bewohnen? Auch weiß ich nicht, was Abu-Abdolla auszusetzen gefunden hat an der Lesart Einiger, die noch dazu die echte ist: واسيافنا فى كل شرق ومغرب. Der Sinn ist, daß sie ihre Streif-züge in die entlegenen Landstriche von Negd und Tihâme ausdehnen. Dahin lautet auch der Ausspruch 'Urwa's ibn el-Warad: „Sie ruft dir zu: Weh und abermals Weh! Bist du es, der die Verborgenheit verläßt, mit Fußvolk einmal und mit Reisigen, dann einen Tag herfällt über Negd und die streifenden Geschwader seiner Bewohner, einen andern Tag über ein Land, das Haselstrauch und Wacholder trägt?"

Ob Samauël ibn-Adijâ diese Kaside verfaßt habe, ist, wie Tebrizi's Commentar zeigt, schon vor Alters hie und da in Frage gestellt
worden; die kritische Analyse ist berechtigt, aber ihr Vollzug bei
Rückert, welcher die Eine Kaside in zwei (eine von Samauël und eine
von „Abdelmâlek", lies Abdelmelik[1]) auseinander nimmt und v. 5 und 7
für Interpolationen der ersteren erklärt, ist nur ein erster Anlauf.
„Die Kaside Samó'als (sic) — sagt irgendwo Wetzstein — ist schön,
vielleicht das schönste Gedicht der Araber; dieses Urtheil erleidet
dadurch, daß Einigen nur ein Theil davon für echt gilt, keinen Ab-
bruch."

Die Poesie war in Samauëls Familie heimisch. Einige Verse des
Gedichts werden von Einigen seinem Sohne Assurêh zugeschrieben.
Unter die fünfzehn vormuhammedischen oder mit Muhammed gleich-
zeitigen jüdisch-arabischen Dichter gehört auch sein Sohn 'Garid und
sein Enkel 'Su'ba, der noch unter dem Chalifen Mu'âwija lebte. Meine
Sammlungen bieten zu den fünfzehn keine Ergänzung. Der Dichterin
Sara darf man nicht 'Asmâ, Tochter Merwâns[2], zugesellen, welche
Omeir der Blinde auf einen Wink des Propheten meuchlings ermordete.
Denn diese Verfasserin von Spottgedichten auf Muhammed hat nur
Hammers Gedankenlosigkeit zur Jüdin gestempelt[3]; sie war aus dem
Stamme der Beni Chatme und gehörte zu der vollbürtig arabischen
Familie der Omajjaden.[4]

Die vormuhammedischen Gedichte enthalten nichts eigenthümlich
Jüdisches: sie folgen arabischer Sitte und athmen arabischen Stolz,
wie wenn Arrabí vom Stamme Kuréza singt: „Wenn ein Fürst von uns
stirbt, folgt ihm ein Ersatzmann, der die Stelle ausfüllt, ein hervor-
ragender — einer von unseren Söhnen, denn die Wurzel hilft ihrer
Krone sich über ihren Stamm erheben, und sie überragt an Adel noch

---

1) Beide Namen bedeuten den Knecht Gottes, aber mit dem Unterschiede,
daß Gott in dem Namen 'Abd-ul-melik als König, in dem Namen 'Abd-ul-mâlik
als Weltinhaber bezeichnet ist.

2) s. Ibn Hischâm p. 996 der Wüstenfeldschen Ausgabe.

3) Gemäldesaal I S. 111.

4) s. Weil, Muhammed S. 117. Sprenger, Leben u. Lehre Mohammads 3, 145 f.

ihre Krone." Als aber die jüdisch-arabischen Stämme von Muhammed bekriegt und vertrieben wurden, darunter auch die Bewohner von Têmâ und das Haus Samauëls, dessen Männer schön von Antlitz, wie Abu'ddijâl singt, nie sich zügellosem Leben hingaben[1]: da prallten die alte Religion und die neue an einander und das jüdische Selbstbewußtsein beginnt auch in Dichterworten zu protestiren. Der moslemische Dichter Mâlik sagt mit Bezug darauf höhnisch: „Daß die Juden mit ihren Verfluchungen sich zur Wehr setzen, ist wie wenn die Esel sich mit ihrem Harn (gegen ein Raubthier) zur Wehr setzen.[2]

In der Gegenwart ist das Judenthum unter den Wanderstämmen, wie es scheint, ganz erloschen. Aber die vom Stamme ʿAbdilla nebst den mit ihnen verbundenen Kabilen werden, wie wir durch Wetzstein[3] wissen, noch jetzt von den Bauern des Ostjordanlandes *Jehúd* geschimpft und Ḥamdân, ein Scheich dieser ʿAbdilla, welche vor 80—90 Jahren aus dem Hiǵâz in die syrische Wüste kamen und für einen Zweig der Ruala gelten, mit denen sie lagern und wandern, ist der letzte jüdische Fürst, von dessen Raubzügen man sich noch jetzt im östlichen Syrien erzählt.

*   *

Die vorliegenden anspruchslosen Blätter sind dem unabweisbaren Herzensdrange entsprossen, dem Lehrer ohne Gleichen, in dessen Schule ich seit 1836 gegangen bin, an seinem Jubeltage eine Huldigung dankbarer Verehrung darzubringen — sie sind ein Schüler-Specimen, ein in der vielleicht zu kühnen Voraussetzung angefertigtes, daß ich in alten Tagen noch nicht gar vergessen was ich in jungen Tagen bei ihm gelernt habe. Ist ihnen aber neben diesem ihrem eigentlichen Zwecke noch ein anderer verstattet, so ist es der, zum Studium der jüdisch-arabischen Geschichte und Literatur anzuregen. Als ich diesem Studium mich zuwandte, war ein inhaltreicher Aufsatz S. J. Rapoports über die freien Juden Arabiens und Aethiopiens in der hebr. Zeitschrift *Bikkure ha-Ittim* (IV, 51—77) erschienen. Die

---

1) Lies انْفَعَلُوا und s. darüber FLEISCHER, *Dissert. de glossis Habichtianis* p. 95. l. 11 ss. مَعْقِل ist der Ort des عِذَار und wird auch für den Zügel selbst gebraucht. Man hat demzufolge dort (bei Nöldeke S. 79) zu übers.: ich habe an dem Geschlechte El-Samaüels keine von Gesicht schöne Männer gefunden, welche zügellos ausgelassen wären (eig. *exuerent frenum*). Möglich wäre auch: unter dem Geschlechte (مِن التَّبْعِيض), aber besser: an dem Geschlechte (مِن التَّجْرِيد) — das ganze Geschlecht vereinigte Selbstzucht mit Schönheit.

2) Lies beidemal تَحَامَى.

3) Nordarabien (Zeitschrift für allgem. Erdkunde 1865) S. 126.

Fundorte, die ich, durch diesen Aufsatz angeregt, durchspähte, waren
außer manchen jüdisch-hebräischen Schriftstellern, unter denen jetzt
Benjamins von Tudela Reisebericht in gerechtfertigter Treue da-
steht[1], die arabische und die byzantinisch-griechische Literatur,
welche beide reiche Ausbeute gewähren. Unterdeß hat Grätz in dem
5. Band seiner Geschichte der Juden 1860 die *disjecta membra* dieses
Stücks jüdischer Geschichte zu einem lebendigen Ganzen zu einigen
gesucht, und Nöldeke hat in seinen Beiträgen 1864 die Reste vorisla-
mischer jüdisch-arabischer Poesie so vollständig registrirt, daß die
vorliegenden Blätter nur den Werth eines linguistischen Versuches,
nicht eines historischen ansprechen können, zumal nachdem Friedrich
Rückert die Geschichte Samauëls ibn-ʿÁdijä in seinem „Amrilkais,
der Dichter und König" 1843 und in seiner Hamasa 1846 ausführlich
erzählt hat, kürzer auch schon in seinen „Verwandlungen des Abu
Seid von Serug" 1826 zu den Worten der 18. Makama: „Er forderte
von mir ein Versprechen, Davon so lang' ich in Bagdad sei nicht zu
sprechen; Das sagt' ich ihm zu mit gutem Muthe Und hielt ihm Wort
wie Samel der Jude."

Die Schreibung *Samel* soll hier den jüdisch-arabischen Namen
deutscher Aussprache mundrechter machen, verwischt aber ohne Noth
das der Form charakteristische *au (ô)*. Der des Arabischen Unkun-
dige geräth durch die buntscheckige Umschreibung der Eigennamen
in nicht geringe Verwirrung. Wenn de Slane *Amrolkais* schreibt,
wir wie es meistens geschieht *Amrulkais,* so hat dies darin seinen
Grund, daß das *Damm* (') ebensowohl *u* als weniger tief *o* gesprochen
wird. Correcter müßte es *Imrulkais (Imrolkais)* heißen. Denn der
erste Theil des Namens bedeutet den Mann. Ein Mann heißt *mar-un*
oder mit prosthetischem Elif *imra-un* (Gen. *imra-in,* Acc. *imra-an*),
gewöhnlich aber so daß das Wort zwiefach abgebeugt wird: *imru-un,*
imri-in, imra-an.[2] Denkt man sich den Namen als Nominativ, so ist
also *Imrulkais* zu schreiben. Indeß obgleich jedes prosthetische Elif
regelrecht mit dem *i*-Vocal gesprochen wird, gestattet man sich doch
auch die Aussprache mit *a:* man spricht *Amrulkais* wie man *Abu*
(nicht *Aben*) *Ezra* für *Ibn Ezra* spricht. Die Schreibung *Amrilkais*
aber, welche Rückert in obigem Titel beliebt hat, ist ihrem Inlaute
nach der Genitiv des Namens (امرئ القيس) und also unberechtigt.[3]

1) Jakob Sappir in seiner arabischen Reisebeschreibung *Eben sappir* (Lyck
1866) thut dem Benjamin Unrecht, indem er ihn in c. XV (über die Juden in
Chaibar) als Fabulanten schmähet, ohne zu bedenken, daß zwischen seiner eignen
arabischen Reise und der Benjamins (um 1165) 7 Jahrhunderte liegen, wozu noch
kommt, daß er selbst zwar Südarabien, aber nicht Nordarabien durchwandert hat.

2) Die doppelte Declination ist die Folge des اتباع, vermöge dessen ein
Vocal den anderen sich angleicht.

3) Ihre scheinbare Berechtigung besteht nur darin, daß das genitivische *i*
dem persisch-türkischen *i izafit* gleich gesetzt wird, vgl. übrigens den Aufsatz
Zenkers in DMZ VIII, 589—593.

Ueber Ursprung und Sinn des Namens ʿ*Adijà* haben wir uns
bisher eines Urtheils enthalten. Ohne Zweifel ist *jà* wie in den Namen
Irmijà und *Zekerijà* der Gottesname. Der Name ʿ*Adi* (عَدِيّ), der
auch im Talmud als Araber-Name vorkommt (*Menachoth* 69ᵇ), ist ein
anderer. Wetzstein und Nöldeke vergleichen den alttestamentlichen
Namen ʿ*Adajah* (den Jah geschmückt hat). Vielleicht ist *.ìdijà* ebenso
aus *No'adjah* Ezr. 8, 33 verkürzt, wie talmudisch *Chunja* aus *Ne-
chunja*. Der Name des Vaters Samanöls كَنَح ist nicht mit dem jüdischen Namen *Jechijja* zu combiniren, denn das ist meines Wissens
nur das irrig gelesene arab. *Jahja;* dagegen ist das genau entspre-
chende *Chajja (Chijja)* ein in der talmudischen Literatur allgewöhn-
licher Name.

Wir schließen nun mit einer Reihe von Bemerkungen, die wir
fast alle absichtlich zurückgestellt hatten um den Text unseres Spe-
cimens nicht zu überladen, die uns theilweise aber erst später er-
wachsen sind, indem wir den aufgefrischten früheren Studien weiter
und weiter nachgingen. Fast fürchten wir, daß es uns als Anmaßung
ausgelegt werden könnte, wenn man in diesen Blättern Männer wie
Reiske, Freytag, Rückert und andere berühmte Namen in Gegenbe-
merkungen bekrittelt findet, aber auf hohe Schultern gehoben vermag
auch der Kleine über unverhältnißmäßig Größere hinwegzusehen.
Einige der Bemerkungen in der Nachlese sind Selbstkritik, denn das
Arabische mit der Fülle und den Feinheiten seiner Formen und besonders seiner Syntax ist eine gar nicht auszulernende Sprache. Was
würde der Altmeister, dessen Fest wir begehen, noch alles zu bemerken haben, er dem alle Arabisten der Gegenwart im Inland und
Ausland, kaum Einen ausgenommen, dankbar als Censor und Cor-
rector verehren und der über dem Drange, Anderen zu dienen, so
gern sich selbst vergißt! Ihm sagen seit nun fünf Jahrzehnten alle
welche über Arabisches schreiben wollen und geschrieben haben wie
S'adi in seinem Bostân:

كرم دستگيرى بجائى رسم

وگر بفكنى بر نگيرد كسم

Handleitest du mich: aufwärts geht mein Lauf;
Wirfst du mich weg, dann hebt mich Niemand auf.

Nachlese.

S. 1. Abu-Temmâm war nicht aus Chorasân, wie Freytag sagt, sondern nur dorthin gereist an den Hof der Tahiriden. Sein Todesjahr wird wie sein Geburtsjahr verschieden angegeben; die drei Angaben bei Ibn-Challikan sind 231, 228 und 232 der Hedschra.

Ebend. Ueber die Chatib's s. Muradgea d'Ohsson, übers. von Beck, II S. 500 und über die Chatbe I S. 339—351.

Ebend. Deinewer (Dinewer, Dinur) ist eine Stadt im persischen Irâk, drei Tagereisen nordwestlich von Hamadan.

S. 2. Freytag sagt in seiner Vorrede zur Hamasa über Tebrizi: *Tanto in honore Hamasae opus habuit, ut idem triplici commentario, primum breviore quodlibet fragmentum amplectente, tum perfectiore, in quo singulorum versuum rationem haberet, denique prolixiore illustraret.* Er fügt dann hinzu: *Quem medium dixi Hamasae commentarium, is operi nostro inest,* was ebenso falsch oder wenigstens ebenso verworren wie das Uebrige ist. Der gedruckte Commentar ist offenbar der letztgenannte. Noch verwunderlicher als diese Flüchtigkeit ist dies daß der berühmte Arabist, dem wir das immer noch unentbehrliche Lexiaon verdanken, auf dem Titel nicht einmal seinen Vornamen Georg zu arabisiren vermocht hat. Er schreibt غِيُورْغ. Ein für Auge, Ohr und Sprachsinn abstoßenderes Monstrum ist kaum erfindbar. Georg heißt auf gut Arabisch جِرْجِس.

S. 3 unten. 'Gofna. So schreibt Eichhorn, aber das Richtige ist 'Gafna (Gefna) — ein Wort, welches die Schüssel und dann den welcher aufschüsselt d. i. reichlich aufträgt bedeutet (s. den Kâmûs).

S. 6 unten. Das Gedicht des Amrûlkais (ungef. aus dem J. 560 n. Chr.) beginnt, genauer übersetzt: „Gar manchmal streckt ein Schütz von Thu'als Söhnen (wörtlich: *o crebritatem jaculatoris . . exserentis*) beide Hände aus seiner Jagdhütte, indem er vorhält einen Bogen aus Neschem-Holz mit weit abstehender Bogenwölbung bei seiner Spannung." So nach der Lesart مع بانَاة, wogegen nach der Lesart غير بانَاة umgekehrt: mit nicht weit abstehender Bogenwölbung, näml. wegen der Härte des Holzes. Diese Lesart

5*

haben Slane und Ahlwardt (*The Diwan of the six ancient Arabic poets*, London 1870 p. 133) in ihren Texten. Rückert hat dieses Gedicht unter der Aufschrift „Der Bogenschütze von Thoal" (Amrilkais S. 102) übersetzt. Verfehlt ist die Uebersetzung des 7. Zweizeilers:

Liegen bleibt da wo er trifft das Wild,
Seine Hab' ist nicht von seiner Gild'

welche nach den Codd. *G* und *P* ما لُه in Ein Wort zusammenliest und in der Auffassung des لَ عَدَّ ال des Sprachgesetzes uneingedenk ist, daß ال vor einzeln stehendem Perfekt diesem immer Optativbedeutung gibt, also vielmehr: ما لَه (wobei مِن فَضْل hinzuzudenken) wie vortrefflich ist er! لا عَدَّ *ne numeretur* möge er nicht gezählt werden zu seinen Stammesgenossen! D. h. er ist einzig in seiner Art, er hat nicht seines Gleichen.

S. 8. Anm. 1. Auch eine andere Stelle aus den Gedichten 'Gerirs hat Reiske nicht durchschaut. Sie lautet nach zurechtgestelltem Texte und wörtlich übersetzt: كأَن أَخا اليهودِ يَخُطُّ وحيًا بكاف فى منازلِها ولام „wie wenn der Bruder des Juden d. h. einer aus der Judenschaft in deren Wohnsitzen ein Offenbarungsbuch mit Cáf und Lám schreibt." Der arabische Dichter vergleicht den Eindruck einer Wüstenei oder Trümmerstätte mit dem Eindrucke eines jüdischen Manuscripts, dessen Schriftzüge dem der sie nicht versteht als ein regelloses Durcheinander erscheinen.

S. 11. Warum hast du nicht gefragt nach 'Adijä und seinem Hause.. Es ist eine Frage, die einen Vorwurf in sich schließt. Man könnte versucht sein هلّا سألتَ zu übersetzen: Hast du nicht gefragt, aber das müßte أَلَم تَسأَلْ oder أَمّا سألتَ heißen, wogegen هَلّا oder mit dem *spiritus lenis* أَلا *quidni*, *quin* bedeutet, s. Caspari's *Enchiridion Studiosi* p. ٤ in den Noten Z. 2 und 3, vgl. Tebrizi zum 4. Distich: Warum (هلّا) ist es nicht assimilirt worden?

Ebend. Andere sagen.. In diesem Sinne leitet قيل auf einander folgende verschiedene Meinungen und Angaben ein.

Ebend. Dritte Species des *Tawîl* mit *Mutawátir*-Reim. Das Schema dieses Metrums ist dieses:

$$- \overset{\smile}{} - \cup \mid - - \cup \parallel - \overset{\smile}{} - \cup \mid - - \cup$$
$$- - \cup \mid - - \cup \parallel - \cup - \cup \mid - - \cup$$

mit dem Ictus auf der je zweiten Sylbe, und *mutawátir* heißt der Reim, wenn zwischen den zwei letzten quiescirenden Buchstaben nur Ein stummer ist z. B. *ǵemílû* (wo zwischen *i* und *û* nur das *l*).

Ebend. wenn er es .. mit Fleiß thut. Der *tekellúf* (Geflissentlichkeit) ist eine allgemeine Kategorie, unter welche die Araber den Begriff der fünften Form in ihrem Verhältnisse zur ersten und achten stellen.

Ebend. dadurch daß er Unedles begeht. اكتسب bed. eine Handlung oder Handlungsweise zur seinigen machen, dann schlechthin etwas begehen.

Ebend. Die Schönheit besteht nicht .. Das Metrum lehrt daß die Dichterworte nur von ليس bis بُرْدًا reichen, das auf dieses folgende بسبيل aber (engl. *any way*) verstärkt die als Urtheil Tebrizi's vorhergehende Negation und das ف regiert, unter ihrem Einflusse stehend, das subjunctive Futurum تعتقد.

S. 15 Distich 2 Vers 1: حَمَلَ mit dem Acc. der Sache und على der Person bedeutet: jene auf diese laden, jene dieser aufladen.

Ebend. in dem Winkel des Gebirgs. Der ‚Winkel des Gebirgs' steht in dieser Redensart sprichwörtlich, deshalb erklärt Tebrizi den Ausdruck durch das indeterminirte ناحية.

Ebend. er hat beeinträchtigt. Der Scholiast dreht auch hier das natürliche Verhältniß um: er nimmt an, die Bedeutung von هَضْم, Niederung, komme her von هَضَمَ er hat beeinträchtigt (eig. niedergedrückt). Das hierauf folgende بعيد الخ. beginnt einen neuen Satz: Entfernt von dem Wege der Intention liegt es u. s. w.

S. 17 indem sie auf Ein und dasselbe hinweisen. Dieser Satz, im Arabischen ohne einführende Partikel, ist ein Umstandssatz, welcher sich dem vorhergehenden Hauptsatze استعمل الخ unterordnet. Das Verbum steht im Arab. im Singular, indem die beiden Formen *dill* und *dall* wie vorher *'izz* und *'azîze* als wesentlich Ein Wort behandelt werden und ihr Prädicat im Singular zu sich nehmen, wonach sich auch der Numerus des Umstandssatzes richtet.

S. 20. 'Amir und Sulûl. Die Dichterstelle im Texte Ibn-Koteiba's bei Eichhorn, auf den die Anmerkung verweist, ist verderbt und lautet zurechtgestellt:

يا اخت دحوة بل اخت اخوتهم
من عامرٍ او من سلولٍ او من الوَقَعة

O Schwester Dahwa's oder nein: o Schwester ihrer Brüder, 'Amirs nämlich oder Selûls oder auch der Waka'ah!

Sie wird als Beleg dafür angeführt, daß die 'Aufiten الوقعة (etwa: die Ueberfaller) genannt werden.

Ebend. indem sie sich in die Todesloose stürzen, arab. لاتتحامهم المنايا. Das Suffix ist der فاعل, der Accusativ المفعول. So steht اقتحم ganz gewöhnlich mit Wörtern wie Gefahr, Tod u. dgl. in der Bedeutung: sich blindlings hineinstürzen.

S. 21 (und schenke ihm Heil). Dieses وسلم fehlt bei Freytag in der dem Namen des Propheten folgenden Segensformel. Aber obwohl صلوات الله عليه für sich allein vorkommt, so doch kaum صلى الله عليه وسلم ohne وسلم (Abbreviatur صلعم).

S. 31. Die von Wetzstein gesammelten und 1864 (als Abhandlung der Kgl. Berliner Akademie d. Wissensch.) herausgegebenen griechischen Inschriften aus Haurân sind im 2. bis in das erste Drittel des 7. Jahrh. angefertigt und gehören großentheils dem gassanidischen Volke an, welches bis dahin die herrschende Bevölkerung Haurâns bildete.

S. 32. Die 'Gassaniden waren bekanntlich nach dem Damm-Bruch aus Südarabien nach Norden gewandert. Ehe der Islam kam, rangen dort im Süden Judenthum und Christenthum mit einander. Als um 575 der himjaritische Fürst Séf ibn Dhi-Jazan die Hülfe des Kaisers gegen die christliche Dynastie Abraha's anrief, erwiderte ihm dieser: „Ihr seid Juden und die Abessinier sind Christen" (انتم يهود والحبشة نصارى), es wäre nicht recht Andersgläubige gegen die Glaubensgenossen zu unterstützen (s. Caussin, *Essai sur l'Histoire des Arabes* I, 146).

—

S. 20 Anm. 2. Schultens hat sogar فتنكرههم, aber das ف ist hier unstatthaft, da der zweite Vers dieses elften Distichs nicht Folgesatz, sondern Antithese des ersten Verses ist. Wir notiren bei dieser Gelegenheit auch noch folgende Fehler in dem Texte bei Schultens, den Michaelis und Bernstein wiedergegeben haben: Distich III, 2 ان الكرامُ, grammatischer Schnitzer für ان الكرامَ. — Distich X, 1 سَبَّةً, lies سُبَّةً (Schande) — Distich XIII, 1 الظُّباة (*extremitate*), eine noch dazu falsche Singularform statt des Plurals الظبات — Distich XV, 1 وخطّنا (*demittit nos*), ein von Mich. und Bernst. abgedruckter Druckfehler für وحطّنا — Distich XXIII, 1 سَاءلي, gegen das Metrum statt سلى und ebend. عَنْهُمُ gegen das Metrum statt عَنْهُمُ — Distich XXV وتُحَوّل, irrig für وتَجَول (*et in gyrum se vertit*). Einige andere Varianten wie XIV, 1 نكدُّر (für نكدَّر) XXII, 1 معدّدةً (für معدّدةً) und ebend. 2 حتّى يستباحُ (*fut. rafatum* statt *nazbatuñ*) sind sprachlich zulässig, und VI, 1 ما ضرّنا für وما ضرّنا (‿– – für • ‿) ist metrisch gestattet.

--

Indem ich noch einmal meine jüdisch-arabischen Sammlungen durchmustere, finde ich ein handschriftliches Blatt des sel. Eli Smith († 11. Jan. 1857 in Beirut), mit welchem freundschaftlich zu verkehren und so manches arabische Buch zu lesen ich das Glück hatte, als er sich in Leipzig aufhielt, um die schönen arabischen Typen schneiden zu lassen, welche seit einigen Jahren in den Besitz der Leipziger Officin W. Drugulin übergegangen sind. Das Blatt enthält

Bemerkungen über die Kaside Samauëls, welche sich auf das Verhältniß modernen Wortgebrauchs zum alterthümlichen beziehen. In
Erinnerung an die hohe Anerkennung, welche unser Jubilar Smith's
arabischer Sprachkenntniß zollt — die von diesem begründete, von
van Dyk vollendete arabische Bibelübersetzung ist uns von ihm je
und je als ein echt arabisches Meisterwerk empfohlen worden —
glaube ich dieser Festschrift keinen ihr fremdartigen Bestandtheil bei-
zumischen, indem ich sie mit jenen Bemerkungen des amerikanischen
Freundes schließe. Wir bringen dabei die sogen. Beiruter Typen in
Anwendung, die wir ihm verdanken.

I, 1 مرء is not now in use, but is understood when met with in
books. The form now used is the feminine مرءة pronounced without
the ء as if spelled مرّة, but always written مراة. This is the most
common word for woman; for the plural both نسا and نسوان
are used.

II, 1 ضام is in very common use, both in the first and seventh
form, the former meaning to hurt, and the latter to be hurt.
ضيم is the *Müsdar* of the first form in the same meaning.

II, 2 ثناء I have never heard in conversation among the Arabs.
It is common in Turkish.

III, 1 عديد I have never heard as a substantive. The common
word for number is عدد.

IV, 2 شاب, pronounced as if written شَبّ, is in very common
use in Syria, to express the idea of a brave, able-bodied young man.
Its plural is pronounced as if written شباب.

VIII, 2 رام and its *Müsdar mimy* مرام are a good deal used
in the sense of desire,

IX, 1 رسا with the Aorist يرسى is the common word for the verb a n c h o r. It is a general fact in vulgar arabic, that all the verbs with final و are treated as if they ended in ى.

IX, 2 نجم is the common generic word for s t a r. كوكب is only applied to a large star, and also to a meteor.

X, 1 سب with its *Musdar mimy* مسبه is the most usual word for m a l i g n and c u r s e, and is synonymous with شتم which is also in use. لعن is used as a stronger word for c u r s e.

XIX, 1 خمد I do not recollect to have heard. The word for extinguish is طفا.

XX, 2 غرة is now used in dating letters and documents for the first of a month. Perhaps it is also used to express a white spot in the face of a horse.

XXIV, 2 رحا is not now in use in Syria. nor is it understood by common people. The word in use for mill is طاحون and مطحنه.

Druck von Ackermann & Glaser in Leipzig.

www.ingramcontent.com/pod-product-compliance
Lightning Source LLC
Chambersburg PA
CBHW030910260626
47169CB00008B/2772